www.tredition.de

AF217622

Die Feder ist so mächtig wie das Schwert:
Befreien können beide was einer an Leben
Und Liebe in sich weggeschlossen hat.

B.Hernandez

B. Hernandez

Geschlagene Hunde

www.tredition.de

Umschlaggestaltung: B. Hernandez
Lektorat: Christine Baumgart, www.lektotext.com

Verlag: tredition GmbH, Hamburg
ISBN: 978-3-8495-2086-7
Printed in Germany

Bibliografische Information der Deutschen Nationalbibliothek:
Die Deutsche Nationalbibliothek verzeichnet diese Publikation in der Deutschen Nationalbibliografie; detaillierte bibliografische Daten sind im Internet über http://dnb.d-nb.de abrufbar.

1

„Wohin zum Teufel gehen wir?"

„Sei nicht so ungeduldig, Alex. Ist nur ein kleiner Umweg. Muss noch ein Geburtstagsgeschenk für meinen Sohn besorgen. Keine Sorge, du kommst danach schon noch auf deine Kosten."

„Jaja. Du weißt aber ganz genau, dass ich nicht lange wegbleiben kann. Mein Boss ist sowieso schon jedes Mal sauer, wenn ich über die Mittagszeit verschwinde. Da läuft im Laden am meisten."

„Als ob du einen Scheiss drauf geben würdest, ob dein Boss sauer ist oder nicht. Oder willst du jetzt plötzlich Karriere machen? Bist doch gerade erst vom Brötchenaufwärmer zum Salat- und Zwiebelschneider befördert worden, oder?"

„Leck mich."

„Nein. Aber du mich. Und zwar bald, keine Angst."

Mit leichtem Kopfschütteln und unterdrücktem Grinsen auf den Lippen drehte Alex den Kopf von Nicole weg und sah aus dem Seitenfenster des Beifahrersitzes. „Du bist schon eine kleine Schlampe."

Sie wandte ihren Blick kurz von der Straße ab und blitzte ihn mit funkelnden Augen von der Seite an: „Und genau das gefällt dir doch so an mir."

Alex tat so, als hätte er ihre Bemerkung nicht gehört. Für eine Weile fuhren sie schweigend weiter.

Er arbeitete seit knapp einem Jahr in einem der Take-away-or-stay-Sandwichläden in der Innenstadt. Die Kundschaft, die hauptsächlich aus den Angestellten der umliegenden Bürogebäude bestand, konnte sich an der Theke aus einer verglasten Auslage an

Frischwaren Brot, Fleisch- und Gemüsebelag selbst aussuchen und ein Angestellter wie Alex stellte das Sandwich dann zusammen.

Angefangen hatte Alex als Tischabräumer. Es gab im Laden ein paar Tische, an denen Gäste auch sitzen konnten, was an Randzeiten aber außer Rentner und Schüler kaum jemand tat. Nach einer Weile war er dann, wie alle anderen Angestellten, an verschiedenen Positionen, wie der Frischwarenzubereitung oder der Theke, eingesetzt worden.

Nicole war eine der Kundinnen, die fast täglich vorbeikam. Meistens kaufte sie ein kleines Käsesandwich, einen grünen Salat und ein Mineralwasser. Das war nicht wirklich Essen, wie sie selbst sagte, aber es machte satt und hielt in Form. Auf diese Weise kamen sie und Alex ins Gespräch. Die üblichen Floskeln, die man an der Kasse oder beim Zusammenstellen eines Sandwichs mit den Stammgästen austauschte, wuchsen schnell in die unterhaltsamen Neckereien und Sprüche aus, die sich fast von alleine ergeben, wenn zwei auf einer Wellenlänge liegen. Irgendwann fiel Alex dann auf, dass sie sich öfters extra so in die Reihe stellte, dass sie von ihm und nicht von jemand anderem bedient werden musste. Manchmal, wenn doch ein anderer Angestellter ihre Bestellung entgegen nehmen wollte, täuschte sie kurzerhand einfach einen Anruf auf ihrem Mobile vor und winkte den nächsten Gast vorbei. Und als Nicole ließschließlich einmal viel später als gewohnt in den Laden kam und Alex, weil keine anderen Kunden da waren, seine Pause nahm und sich zu ihr an den Tisch setzte, wo sie gerade ihr Sandwich mit Salat essen wollte, war sehr schnell klar, wo das alles hinführen würde. Nicole nahm ihn nach dem Essen in ein Motel-Zimmer mit und daraus wurde eine Affäre, die sie jetzt seit etwa einem halben Jahr hatten. Sie trafen sich seither drei bis viermal im Monat. Entweder in ihrer Mittagspause oder gleich, nachdem sie im Büro Schluss hatte. Sie schoben dann eine Nummer in einer Tiefgarage in ihrem Auto, mieteten sich kurzerhand ein Motel-Zimmer am Stadtrand oder gingen, wenn auch selten, in Alex' kleine Wohnung. Keine langen Diskussionen, keine gemeinsamen Essen oder andere Aktivitäten. Eigentlich kannten sie sich kaum. Er wusste von ihr nur, dass sie in der Nähe bei einer großen Versicherungsgesellschaft arbeitete, verheiratet war und zwei Kinder hatte. Außerdem sah sie gut aus und wollte mit ihm vögeln. Letzteres war ihm im Grunde schon genug, mehr interessierte ihn ohnehin nicht. Sie machte ihm zudem von Anfang an klar, was sie von ihm wollte und was nicht. Sie war durch und durch eine kleine Schlampe. Das gefiel Alex. Mal etwas mehr, mal etwas weniger.

„Ich arbeite an der Kasse und an der Theke. Schon lange nicht mehr in der Produktion."

„Ich weiß, Süßer. Ich habe mein Sandwich gestern bei dir gekauft, schon vergessen?" Und mit einem Klaps auf seinen Schenkel: „Nun sei nicht so ernst. Du weißt, dass das nur ein Scherz war. Wen juckt es schon, was für einen Job du hast."

Sie juckte es ganz sicher nicht, das war ihm klar. Und in der Regel juckte es ihn auch nicht. Aber manchmal fand er ihre Witze einfach jenseits der Gürtellinie und nicht lustig. Es war nichts Schlechtes daran, Tische abzuräumen oder Zwiebeln zu hacken. Zumindest war es nicht weniger beschissen, als den ganzen Tag in einem Büro rumzusitzen, Papiere und E-Mails abzuarbeiten oder an Sitzungen teilzunehmen. Wenigstens war ein Sandwich noch etwas, was die Menschen wirklich zum Leben oder, im Fall der Büroangestellten, Überleben brauchten.

Seit Alex vor vier Jahren die Universität – nach etwas mehr als zwei Jahren und fünf ausprobierten Hauptfächern – verlassen und ein Praktikum als Kundenberater in einer Bank abgebrochen hatte, machte er die Jobs, die ihm gerade passten – und auch genau so lange, wie es ihm passte. Man braucht Geld zum Leben und das wollte er sich verdienen. Aber mehr Ansprüche hatte er an seine

Anstellungen nicht. Seine Eltern waren da natürlich ganz anderer Meinung und fanden es ‚sehr schade‘, dass er ‚nichts aus seiner Möglichkeit, zu studieren‘ machte. Aber so lange er sein Auskommen selbst bestritt, ließen sie ihn ‚machen, was immer er glaubte, was ihn glücklich machen würde‘. Jedes Mal bei seinen selten gewordenen Besuchen zu Hause gab es früher oder später dieselbe Diskussion. Er fand es zum Kotzen. Nur, weil sie selbst früher nicht die Möglichkeit gehabt hatten, zu studieren, wollten sie ihm nun nur zu gern diese Chance mit finanzieller Unterstützung ermöglichen, selbst jetzt noch und trotz seines desaströsen ersten Versuchs. Alex erkannte durchaus die edle Absicht in dieser Sache, aber was immer er mit dieser ‚Chance‘ machte oder nicht machte, war verdammt noch mal seine Sache. Er konnte sich einfach nicht vorstellen, dass man zwingend und ausschließlich im Leben glücklich werden konnte, wenn man nur irgendwelches Zeug an der Universität studierte, weil man die Chance dazu hatte, ohne zu wissen, wo und wie es im Leben einzuordnen wäre. Oder noch schlimmer: Fächer studieren, von denen man genau wusste, wo und wie sie einzuordnen waren, nämlich als stumpfsinnig und öde. Zum Teufel, er hatte ein paar Semester studiert und nicht mal gewusst, wie man Zwiebeln hackt, als er im Sandwichladen anfing.

Andererseits musste er sich eingestehen, dass er sich bei seinen Jobs des Öfteren wünschte, er könnte den einen oder die andere durch jemanden mit einem etwas breiteren Horizont ersetzen. Sein jetziger Boss zum Beispiel. Eigentlich war er nur der dienstälteste Angestellte im Verkaufsbereich, verantwortlich für die Schichtpläne und die verschiedenen Arbeiten im Laden. Trotzdem ein Wichtigtuer ohnegleichen und dazu dämlich wie eine unverkaufte Scheibe Toastbrot, die abends halb ausgetrocknet weggeworfen wurde. Eine sehr anstrengende Mischung. Für fallengelassenes Geschirr oder fallengelassene Ware verteilte er Strafpunkte. Die musste man dann in einer extra angeordneten Schicht ‚Toiletten putzen‘ oder ‚Mülltonnen reinigen‘ abarbeiten.

Er nannte diese ‚arbeitserzieherischen Maßnahmen' gern auch ‚Lernen für's Leben'. Dass er selbst nicht ein einziges Mal den wöchentlichen Schichtplan, unter Berücksichtigung aller Abwesenheiten, Teilzeitpensen und Leuten mit Elternpflichten, richtig hinbekam, war natürlich nie sein Fehler. Dauernd mussten sie sich unter dem Personal selbst absprechen, damit schlußendlich doch noch alles funktionierte. Im Grunde war diese Kreatur für Alex nur erträglich, weil er wusste, dass er jederzeit kündigen und sich etwas anderes suchen konnte. Vielleicht sollte er das bald tun. So gesehen hatte Nicole recht, sein Boss war ein Arschloch und es war Alex egal, ob dieser sauer war.

„Wie alt wird er denn?"

„Wer? Kenny?"

„Falls das der Name deines Sohns ist, ja, Kenny."

„Sieben. Mein Mann wollte ihm eine Videospielkonsole schenken. Aber ich war dagegen. Die Kinder schauen schon genug Fernsehen und da wollte ich ein Geschenk, dass sie auch mal nach draußen lockt. Außerdem lernt er mit einem Hund auch den Umgang mit Tieren."

„Und du hast dich natürlich durchgesetzt."

„War relativ einfach. Mein Mann weiß ganz genau, was gut für ihn ist."

„Da bin ich mir ganz sicher."

Wieder schlug sie ihm gegen den Oberschenkel. Dieses Mal etwas stärker und mit der Faust.

„Hey! Mein Mann hat es gut mit mir."

Alex schrie laut auf, hielt sich seinen Schenkel und riss eine übertrieben schmerzverzerrte Mine. „Alles was du sagst, Liebling, aber bitte schlag mich nicht wieder."

Beide mussten lachen.

„Im Ernst. Er war unter zwei Bedingungen schnell einverstanden: Erstens muss ich den Hund besorgen. Und zweitens muss er aus dem Tierheim sein."

„Wieso das denn?"

„Mein Mann ist der Meinung, dass sich spätestens nach ein paar Wochen sowieso keins der Kinder mehr für den Hund interessiert und sich dann niemand um das Tier kümmern will. Deshalb einen aus dem Tierheim. Kann man leichter wieder zurückgeben."

„Ihn ,leichter zurückgeben?!' Warum die Umstände? Kannst ihn ja gegebenenfalls auch auf der Autobahn aussetzen. Da findet er bestimmt bald Kollegen unter all den aus dem Auto geschmissenen Hunden".

„Haha. Wir sind keine solchen Unmenschen. Immerhin geben wir einem dieser kleinen Bengel eine Chance auf ein neues Zuhause. Und wenn es halt nicht klappt, dann kommt er wieder zurück an seinen alten Ort. Keine große Sache."

„Hast du sie nicht alle?! Du kannst doch einen Hund nicht einfach so hin- und herschieben!"

„He, was regst du dich so auf? Es ist nur ein Hund und dem ist es schlußendlich doch egal, wer ihm seinen Napf mit Fressen füllt. Außerdem ist es ja nicht so, dass wir den Hund von Anfang an gleich wieder zurückgeben wollen. Aber wenn's nicht klappt, dann klappt's halt nicht. Allemal besser, als ihn auszusetzen oder gleich einzuschläfern."

„ Und mit ,wenn es nicht klappt' meinst du, wenn dein kleiner Bengel die Freude am Hund verliert und sich nicht mehr um ihn kümmern will?"

„Mein kleiner Bengel? Hast du gerade meinen Sohn mit einem Hund verglichen?"

„Nein. Nein natürlich nicht. Ich meine nur, dass ich deinem Mann recht geben muss. Ich denke, die Videospielkonsole ist die bessere Geschenkidee. Mit der wird klein Kenny zwar auch nicht ewig spielen, aber wenigstens kann man eine Videospielkonsole einfach wegwerfen oder weiterverschenken. Außerdem pissen und kacken Hunde dauernd. Und sie bellen. Und wenn man mit ihnen spazieren geht, muss man sie ständig von anderen Hunden fern halten. Weil sie läufig sind, weil sie kämpfen wollen, weil sie übermütig sind. Und sie stinken aus dem Maul."

„Hm, klingt irgendwie vertraut. Aber nach 15 Jahren Ehe hat man sich an den Mundgeruch des werten Angetrauten gewöhnt. Und du putzt dir ja immer die Zähne, bevor wir uns treffen."

„Vorsicht, Hunde können auch beißen."

„Jaja, mein Süßer. Aber bekanntlich nicht die, die bellen. Was soll das eigentlich? Hast du was gegen Hunde oder willst du mir einfach ausreden einen zu kaufen?"

„Ts, Hunde sind mir so 'was von scheißegal."

„Klang aber nicht wirklich danach. So, wir sind da. Gleich da vorne ist es."

Nicole bog mit dem Auto in eine Einfahrt und stellte den Motor ab.

„Dauert nicht lange, ich verspreche es."

„Ok. Ich werde im Auto warten."

„Gott, hast du Angst vor Hunden, oder was? Jetzt komm halt mit. Kannst mir beim Aussuchen helfen."

Mit einem hörbar tiefen und schweren Ausatmen stieg Alex aus dem Auto und folgte Nicole in das Tierheim. Schon vom Parkplatz aus konnte man das Bellen der Hunde hören.

Hinter der Eingangstür begann ein breiter Hauptgang, von dem seitlich jeweils vier Zwischengänge wegführten. Diese kleineren Gänge waren wiederum links und rechts mit Käfigen gesäumt. Ein Käfig selbst war ein Würfel, der, bis auf die Seite zum Gang hin, ganz aus Beton bestand. In einer Wand befand sich eine Gittertür. Die Gangfront war durch einem mit Eisenstangengerüst verstärkten Maschendrahtzaun versperrt, der bis zur Decke reichte. Drei, vier, manchmal fünf Hunde waren in einem Käfig. Außerdem befanden sich in den Käfigen Hundehütten oder Körbe als Schlafstellen, Fressnäpfe, ein paar Spielzeuge oder Äste und Knochen zum Abknabbern. Die Hunde bellten sich nicht nur gegenseitig an, sondern sie waren zusätzlich aufgeregt, weil noch andere Besucher da waren: Eltern mit kleinen Kindern, frisch verliebte Pärchen, dazwischen einzelne alte Leute, die sich von Käfig zu Käfig vorarbeiteten. Sie traten vor einen Käfig, blieben stehen, schauten hinein, begutachteten, tippten mit den Fingerkuppen auf die Eisenstangen, um die Hunde anzulocken, redeten in der gleichen Art und Weise mit ihnen, wie sie es mit Babys taten, dann gingen sie weiter. Die Hunde bellten und rannten Schwanz wedelnd in ihren Käfigen hin und her. Manche getrauten sich nicht nach vorne an den Zaun zu den Besuchern, andere stellten sich mit den Vorderbeinen dagegen und ließen sich sogar ein bisschen anfassen.

„Ich gehe mal und suche einen Pfleger, Alex. Kannst dich ja schon mal ein bisschen umschauen."

Als Nicole nach einer Weile in Begleitung eines Mitarbeiters des Tierheims zurückkam –, einem Mann im Rentenalter, klein und gebrechlich, bekleidet mit einer braunen Arbeitsuniform, dem Schriftzug des Tierheims auf dem Rücken und dem Namen ‚Ed' auf der Brust, mit dunkelgrünen Gummistiefeln und einem müden gelangweilten Gesichtsausdruck –, konnte sie Alex zunächst nicht wieder finden. Sie dachte, er würde immer noch bei der Eingangstür stehen und auf sie warten, weil er nur so widerwillig mitgekommen war, aber jetzt mussten sie die Gänge absuchen, um sicher zu sein, dass sie ihn nicht zwischen all' den anderen Besuchern irgendwo übersahen. Schließlich entdeckten sie ihn. Er stand reglos am Ende eines der letzten beiden hintersten Zwischengänge und schaute in einen Käfig. Nicole schaute kopfschüttelnd Ed an und rief dann nach Alex. Als dieser sie nicht zu hören schien oder zumindest so tat, marschierten sie auf ihn zu. Sie waren alleine in diesem Gang, was nicht verwunderlich war, denn alle Käfige hier waren leer. Sie rief nochmals nach Alex. Erst als sie näher kamen, konnte sie erkennen oder besser hören, dass der Käfig, vor dem er stand, im Gegensatz zu allen anderen nicht leer war. Der Hund, es war nur einer in dem Käfig, bellte wie verrückt. Sie blieb erschrocken einige Schritte von Alex entfernt stehen. Er bemerkte sie immer noch nicht, sondern beobachtete ruhig den Hund. Ed tat es ihr gleich. Das Gebell des Hundes war viel lauter und aggressiver, als das der Übrigen. Er stand nach vorne geduckt, breitbeinig in seinem Käfig, bellte Alex an und fletschte zwischendurch knurrend seine Zähne. Es sah so aus, als würde er jeden Moment gegen den Maschendrahtzaun springen und Alex zerfleischen wollen. Aber dann löste sich der Hund aus seiner Haltung, drehte sich ein paar Mal um sich selbst und der Tanz ging von Neuem los. Ed trat schließlich auf Alex zu und bat ihn vom Käfig weg zu treten und ihn nicht noch unnötig zu reizen. Kaum waren die beiden bei Nicole und aus der Sichtweite des Hundes, wurde es still im Käfig.

„Hast einen Kollegen gefunden, hm? Von mir aus können wir gehen. Ich wollte einen Welpen haben, aber sie haben gerade keinen hier. Ein paar Halbwüchsige, aber keine ganz kleinen. Ich will aber für Kenny keinen Hund, der schon eine Vergangenheit hat. Wer weiß schon, was diese armen Teufel alles hinter sich haben. Ed sagt zwar, dass alle Hunde resozialisiert sind, die sie weggeben, aber mir ist trotzdem nicht wohl. Ihr Männer gewinnt also doch: Es wird eine Videospielkonsole. Die Geburtstagsparty ist am Wochenende und ich habe keine Zeit mehr noch andere Tierheime abzuklappern. War ein Versuch wert, aber es sollte nicht sein."

Alex drehte sich nochmals zum Käfig um und schaute dann Ed fragend an.

„Der ist noch nicht so lange bei uns. Wurde wahrscheinlich früher geschlagen. Armer Kerl. Ist halb irre geworden. Muss aber ein starker und stolzer Hund gewesen sein. Hat sich trotz allem nicht wirklich unterkriegen lassen, sonst würde er nicht so voller Leben sein. Aber selbst die Stärksten verlaufen sich dann irgendwie in ihrem Inneren und kommen nicht mehr zurecht. Die meisten finden wieder zu sich, wenn sie eine Weile hier sind und genug Zeit hatten, um sich zu erholen. Es muss wieder ‚klick' machen in ihrem Kopf und sie können wieder normal sein. Manchmal ist es ein Wunder, was wir mit ein bisschen gutem Umgang erreichen können. Dann kann man sie auch wieder an Menschen gewöhnen und die meisten weitervermitteln. Aber bei dem da bin ich mir nicht so sicher, ob es was bringt. Der Hund ist böse geworden. Der kommt nicht mehr zurück. Wir geben ihm eine Chance, aber wahrscheinlich werden wir ihn einschläfern müssen. Ist vielleicht das Beste für ihn - man kann nicht alle geschlagenen Hunde retten."

Wortlos gingen die drei an den leeren Käfigen vorbei zum Hauptgang und dann zurück zur Eingangstür, wo sich Nicole zum Abschied mit einem Trinkgeld bei Ed bedankte. Er öffnete ihnen die Tür und sie machten sich auf den Weg zum Parkplatz. Dort stiegen sie ins Auto und fuhren wieder Richtung Innenstadt. Alex starrte auf die Straße ohne sie zu sehen.

„Meine Güte, du siehst aus, als wolltest du gleich von einer Brücke springen. Haben dich die Hunde da drinnen so mitgenommen?"

„Der Hund im letzten Käfig ist nicht böse. Noch nicht. Aber sicher wird er bald durchdrehen und dann werden sie ihn trotzdem erschießen müssen."

„Woher willst du das wissen? Bist du der Hundeflüsterer, oder was?"

„Er bellte und nahm Drohhaltungen ein, aber während der ganzen Zeit, in der ich vor dem Käfigstand, ist er nicht ein einziges Mal gegen die Gitterstäbe gesprungen."

„Na und?"

„Wenn er wirklich hätte angreifen wollen, hätten ihn die Stäbe nicht davon abgehalten. Er wäre blindlings seinem Instinkt gefolgt."

„Du musst es wissen."

„Ja, muss ich .... hab's mal im Fernsehen gesehen. Da war der Hund genauso. Musste erschossen werden."

„Ach Alex, manchmal ist es sehr schwierig, aus dir schlau zu werden. Weißt du noch, was du zu mir sagtest, als ich dich das erste Mal fragte, ob du mit mir ins Bett willst? Du hast gesagt: ‚Warum nicht? Alles andere wird sowieso überbewertet.'"

„Und? Ist doch so."

„Ja, aber andererseits dann diese Sentimentalität wegen eines Hundes."

„Ich sagte nur, dass der Hund nicht böse sei. Aber in dem Käfig wird er durchdrehen."

„Was sollen sie also tun? Ihn frei lassen und hoffen, dass du recht hast?"

„Weiß ich doch nicht. Hab' gesagt, dass der Hund in der Sendung erschossen werden musste. Keine Ahnung wie man's anders machen könnte."

„Was soll's, man kann nicht alle retten. Aber du hast den Pfleger gehört, die meisten von ihnen finden wieder einen Platz irgendwo. Happy End."

„Ts, Happy End. Nur der Tod ist ein Happy End."

„Oh Gott, hast du jetzt wieder einen deiner die-Welt-ist-so-schlecht-wir-wären-alle-besser-nicht-geboren-Momente? Die ziehen mich echt runter."

„Schon gut. Hunde weggesperrt, Happy End. Niemand wird dich runter ziehen."

„Komm mir nicht auf die Tour. Ich bin nicht diejenige, die wegen ein bisschen Hundegejaule fast in Tränen ausbricht. Es ist schon erstaunlich mit dir. Eigentlich bist du das Musterbeispiel für einen, der einen Dreck auf Welt und Leben gibt. Und doch wirst du auf eine fast grausame Art und Weise gezwungen, dich irgendwo versteckt in einer Falte deiner Seele – oder was immer du da hast – an der lächerlichen Hoffnung festzukrallen, dass eines Tages doch alles gut wird und wir alle ein Stück Erlösung bekommen. Manchmal muss es echt Scheiße sein Du zu sein. Dann hast du immer diese miese Laune. Unerträglich."

„Jaja und du bist der reinste Sonnenschein."

„Wenigstens sehe ich das Positive im Leben und habe meinen Spaß."

„Indem du deinen Mann betrügst."

„Du weißt genau, was ich meine. Oder willst du jetzt Moralapostel spielen?"

„Ich weiß, was du meinst: das Leben ist so positiv und spaßig, dass du deinen Mann betrügen musst."

„Treib's nicht zu weit, junger Mann. Sonst musst du zu Fuß zurücklaufen. Was soll denn jetzt überhaupt dieses Rumgehacke auf mir? Ich kann doch nichts dafür, dass sie diesen Hund erschießen. Oder auch nicht. Komm runter."

„Ist ja gut. Alles, was ich sagen wollte, war, dass du nun auch nicht gerade ein Vorbild für Sonntagsschüler bist. Deshalb funktioniert es so gut mit uns."

„Hast du sie noch alle? Ich bin ein guter Mensch. Ich bin ein religiöser Mensch. Zwar gehe ich nur zu Hochzeiten und Beerdigungen in die Kirche, aber ich habe meinen Glauben."

„Schön. Aber dem Leben 'was Positives abgewinnen, Spaß und einen Glauben zu haben, machen dich noch nicht zu einem guten Menschen."

„So, was denn dann?"

„Deinen Mann zu betrügen gehört sicher nicht dazu."

„Da kommt doch niemand zu Schaden! Ich bin glücklich verheiratet. Ich liebe meinen Mann und meine Kinder. Manchmal liebe ich sogar meinen Job. Im Großen und Ganzen bin ich also glücklich und zufrieden mit meinem Leben. Aber ich sage dir, es kann richtig anstrengend sein, ein solches glückliches und zufriedenes Leben zu führen. Die Kinder, der Mann, der Job, so wunderbar dass alles auch ist, es kann einem hin und wieder fast zu viel werden. Und manchmal hat man sogar das Gefühl, dass man sein eigenes Leben völlig vernachlässigt und irgendwo darin verloren geht. So als würde man den Kontakt zu sich selbst verlieren. Da wacht man eines Morgens auf und hat einen dieser Momente, in denen man sich fragt, was man hier eigentlich tut und wofür. Man will gar nicht mehr aufstehen, dreht sich unter der Decke um und berührt dabei den Menschen, der neben einem liegt – seit Jahren und wahrscheinlich noch viele weitere Jahre. Er schläft immer noch friedlich, hat keine Ahnung, was in dir abgeht. Er liegt einfach da und atmet, schnarcht manchmal. Du siehst ihn dir an, hast das Gefühl, ein Fremder liegt da, einer, der weit weg von dir ist und den du kaum kennst. Du versuchst dir ins Gedächtnis zu rufen, wie sehr ihr euch liebt und wie viele schöne Momente ihr verbracht habt. Und du weißt es auch, aber du kannst es gerade einfach nicht mehr fühlen. Je länger du ihn ansiehst, desto übler wird dir. Das sind keine schönen Momente. Und wenn du einmal einen davon hattest, dann kommen sie immer wieder.

Ja, ich betrüge meinen Mann. Ich gönne mir meine Treffen mit dir. Aber das ist immer noch besser, als Pillen zu schlucken oder abzuhauen. Ich tue das also nicht nur für mich. Außerdem werden es meine Kinder und mein Mann nie erfahren. Ich werde damit leben und ich werde damit sterben. Happy End. Himmel, wir leben doch nicht mehr in den finsteren Zeiten des Mittelalters. Wir sind Menschen und tun unser Bestes. Das macht uns sicher auch nicht zu schlechten Wesen, oder?"

„Keine Ahnung. Aber nein, wir leben nicht mehr im finsteren Mittelalter. Wir leben in den letzten neonerleuchteten Nächten der Spaßgesellschaft."

„Uuh, ich mag es, wenn du so pseudointellektuell daherredest, mein Sandwichjunge. Das macht mich an."

„Ich bin nicht dein verdammter Sandwichjunge."

„Nein, Süßer, das bist du nicht. Du bist mein Loverboy. Außerdem und überhaupt, du solltest hier nicht mit Steinen werfen. Du sitzt genauso im Glashaus wie ich. Was hält denn deine kleine Freundin von unseren Treffen? Wie hieß sie doch gleich? Jessica?"

„Sie heißt Jasmin."

Er wünschte sich, er hätte ihr nicht Jasmins richtigen Namen gesagt. Als Nicole ihm damals erzählte, dass sie nur eine Affäre mit ihm wolle, versicherte er ihr, dass sie auch nicht die einzige Frau in seinem Lebensei. Er hatte damals wenige Wochen zuvor Jasmin getroffen. Nicole hatte nicht wissen wollen, wieso er dann auf eine Affäre aus war, sondern sie hatte nach dem Namen des anderen Mädchens gefragt. Er wünschte, er hätte sie angelogen, wie er es seither mit allem anderen machte, was über Sex und Sandwichs hinausging. Nicht, dass es die Sache mit ihr weniger falsch gegenüber Jasmin gemacht hätte. Aber Nicole gehörte zu einem anderen Teil seines Lebens. Einen, in dem Jasmin nicht einmal namentlich existieren sollte.

„Und, weiß Jasmin von uns?"

„Nein. Braucht sie auch nicht."

„Ach, nein?"

„Nein. Ich bin nicht mit ihr verheiratet. Wir sind nicht mal richtig zusammen. Ich kenne sie ja noch nicht sehr lange."

„Uhm."

„Uhm, was?"

„Nichts. Wenn du es sagst, wird das so sein. Ich frage mich nur, ob sie das auch so sieht? Weiß sie auch, dass ihr noch ,nicht so richtig' zusammen seid?"

Alex schaute sie einen Moment schweigend an. Dann wandte er seinen Kopf nach vorn und sein Blick ging wieder auf der unter dem Auto verschwindenden Straße verloren.

Erst als er durch eine Bremsung in den Sicherheitsgurt gedrückt wurde, kehrte seine Aufmerksamkeit zurück. Nicole war von der großen Straße abgebogen und hatte das Auto in einer schmalen, verlotterten Seitengasse abgestellt.

„Alex, tief im Inneren wissen wir doch beide, dass ‚Erlösung' eine gefährliche Pille aus dem Apothekenschrank des Teufels ist und man sie nur bekommt, wenn man sie sich selber nimmt. Außerdem wirkt sie meistens nicht sehr lange. Also komm her, mein armer Süßer, lass mich dich für einen wunderbaren Moment deinen Schmerz vergessen machen. Komm her und fick mich."

2

Alex saß auf der untersten Stufe der Treppe in ihrer Wohnung und spielte mit dem Autoschlüssel in seiner Hand. Von draußen drangen die Schreie und das Gelächter von auf der Straße spielenden Kindern herein. Er konnte sie so gut hören, weil er die Eingangstür offen gelassen hatte. Mit den Geräuschen wehte auch ein lauwarmer Hauch des spätsommerlichen Dufts eines friedlichen Samstagnachmittags herein.

„Jasmin! Bist du fertig, Sonnenschein?"

„Nur noch eine Minute, Alexander. Ich glaube, ich zieh' mir doch das Sommerkleid an. Es ist ja so schön warm draußen."

„Ok. Soll ich dir beim Umziehen helfen?"

„Das würdest du kleiner Schlawiner wohl gerne, hm? Zum Glück weiß eine Dame aber, was sich gehört. Aber mal sehen, wenn du nett zu mir bist und dich anständig benimmst, dann darfst du mir vielleicht heute Abend beim Ausziehen helfen. Wie findest du das?"

„Grausam und fast nicht auszuhalten."

„Gut."

„Gut?"

„Natürlich. Frauen mögen es, begehrt zu werden. Außerdem finde ich es lustig, dich aufzuziehen. Hast du den Picknickkorb und die Decke schon ins Auto geladen?"

„Ja, alles verstaut. Schon vor einer Viertelstunde."

Er hörte die leisen dumpfen Geräusche, die ihre Fußballen beim Berühren des Steins der Treppen machten, während sie mit ihren leichtfüßigen Hopsern herunterkam.

„Wunderbar. Da bin ich. Wie sehe ich aus?"

„Zum Niederknien schön."

„Du bist mir nicht böse, dass du so lange auf mich warten musstest, oder?"

„Nein, Sonnenschein. Auf dich zu warten lohnt sich doch immer."

„Danke. Ich habe mich auch sehr auf diesen Tag mit dir gefreut, Alexander."

„Gut."

„Gut?"

„Natürlich. Männer mögen es, wenn Frauen sich auf sie freuen. Außerdem finde ich es lustig, dich aufzuziehen."

„Du bist unmöglich."

„Und du bist unglaublich."

Sie umarmte und küsste ihn. Statt ihn gleich wieder loszulassen, hielt sie kurz inne, ihre Arme immer noch um seinen Hals geschlungen, schaute ihm tief in die Augen und begann dann zu lächeln.

„Ist es weit bis zum See, Alexander?"

„Tja, in etwa gleich weit wie das letzte Mal, als wir dahin gefahren sind."

„So weit, hm? Vielleicht sollte ich mich für die lange Fahrt noch einmal umziehen. Und du solltest kommen und mir helfen, damit es schneller geht. Was meinst du?"

„Ich meine, du hast recht, es ist schon eine verdammt weite Fahrt."

Eine Stunde später machten sie sich auf den Weg zum See. Alex hatte das Verdeck des alten Convertibles heruntergeklappt. Das Auto gehörte Jasmin und sie nahm es nur bei sehr schönen Wetter und zu besonderen Gelegenheiten aus der Garage. Außerdem war Alex der Einzige, der es außer ihr fahren durfte. Sie ließ ansonsten weder ihre Schwester noch ihre Eltern noch sonst jemanden hinter das Steuer. Sie war sehr strikt, was dieses Auto anging, denn es war ein Erbstück ihrer Großmutter und bedeutete ihr sehr viel.

Sobald Jasmin ihren Führerschein hatte, war sie mit ihrer Oma in dem Auto über Land gefahren. Die alte Dame hatte sich fast jedes Wochenende von Jasmin ausfahren lassen. Die beiden rollten stets einfach ziellos durch die Gegend und hielten höchstens für eine kurze Kaffeepause. Jasmin hinter dem Steuer, ihre Großmutter auf dem Beifahrersitz, meist still, aber immer vor sich hin lächelnd. Und wenn sie doch etwas sagte, dann erzählte sie immer die gleichen Geschichten aus ihrer gemeinsamen Zeit mit Jasmins Großvater.

Die beiden waren erst seit Kurzem verheiratet, als der Krieg ausbrach und Großvater eingezogen wurde. Zunächst war er noch einigermaßen in der Nähe stationiert, so dass er an den meisten Wochenenden nach Hause kommen konnte. Sie hofften und beteten, der Krieg würde an ihnen vorbei ziehen und schnell zu Ende gehen. Aber bald wurden die Kämpfe noch heftiger und das Kriegsende rückte damit in weite Ferne. Großmutter war beseelt von der Angst, dass in jedem Moment die Nachricht käme, dass Großvater versetzt würde oder gar an die Front müsse. Auch seine Tage, die er mit ihr zu Hause verbrachte, wurden von dieser Angst überschattet. Es war für beide unerträglich, getrennt zu sein, aber es war fast ebenso schlimm für sie, sich in die Augen zu sehen und darin das furchterschreckte Antlitz ihres eigenen Innenlebens wiederzuerkennen. Die Wiedersehensfreude an diesen Tagen war natürlich jeweils wunderbar, aber die folgenden gemeinsamen Stunden in ihrer kleinen Wohnung waren eine Achterbahnfahrt der Gefühle – von hoch schwebenden, innigen, intensiven

Liebesmomenten, bis hinunter in die dunklen Täler tränenreicher Einbildungen von Trennung und Tod. Ihre junge Beziehung zerbrach beinah daran.

Dann, an einem seiner Urlaubstage, nachdem sie im Bett geschmust hatten, wie Großmutter immer sage, und einen ihrer wundervollen Momente genossen hatten, stand Großvater auf und verließ wortlos das Haus. Eine Weile später stand er mitsamt des Convertibles und einem Strauß Blumen wieder da. Ab da fuhren sie, wann immer sie zusammen waren, über Land, als gäbe es nichts anderes auf der Welt. Sie fuhren einfach ziellos umher und hielten nur manchmal an, um einen Kaffee zu trinken oder zu schmusen.

Immer, wenn Großmutter zu diesem Teil der Geschichte kam, hatte sie ihre Tränen unterdrücken müssen. Großvater wurde schließlich doch versetzt und fiel bald darauf an der Front. Damals war sie mit Jasmins Mutter im dritten Monat schwanger. Großmutter hatte jedes Mal gesagt, sie habe Dank ihrer Tochter und ihrer beiden Enkelinnen viele wunderschöne Momente im Leben haben dürfen, aber die ihr damals vom Herrn geschenkte Zeit mit Großvater wäre unvergleichlich. Wenn man einmal so etwas Wunderbares erleben dürfe, dann könne einem ein kleiner Tod das nicht einfach so kaputt machen, obwohl Großvaters früher Abschied sie damals sehr hart traf.

Und heute ließ sich Jasmin mal wieder von Alex über Land fahren. Er kannte nicht alle Einzelheiten der Geschichte des Autos, aber es machte ihn stolz, dass Jasmin ihn hinter das Steuer ließ. Sie hatte ihn auch noch nicht so oft fahren lassen. In dem alten Auto zu sitzen, war aber sowieso immer etwas Besonderes für Alex. Besonders im Sinn, dass er sich einerseits völlig deplaziert darin vorkam – etwa wenn alle Leute, an denen sie vorbei fuhren, sich danach umdrehten und so schauten, als würde das Gefährt von einem anderen Planeten stammen. Und andererseits, weil er sich doch so wohl darin fühlte, wenn er sah, wie Jasmin auf dem Sitz neben ihm saß, der Fahrtwind mit ihren Haaren spielte und sie vor sich hin lächelte. Alex beobachtete sie heimlich, wenn sie gerade einmal nichts zu erzählen hatte oder abgelenkt schien. Es war schon erstaunlich, die Welt um ihn herum war die Gleiche, wie sie es die ganze Woche schon gewesen war, trotzdem fühlte sie sich heute anders an. Jedes Mal, wenn er mit Jasmin zusammen war, fühlte sich die ganze Welt für ihn anders an. Im Grunde etwas fremd. Aber auf eine gute Art und Weise fremd.

Plötzlich schrie Jasmin laut auf und deutete mit ihrem Zeigefinger irgendwo an den Straßenrand.

„Da! Da!"

„Was? Was?"

Alex drehte wild am Lenkrad und brauchte ein paar Momente, um den Wagen wieder in die Spur zu bekommen. Er war vor Schreck fast aus dem Sitz gesprungen.

„Zwei wuschlige kleine Hasen! Sosüß!"

„Was? Zwei Hasen? Habe ich sie überfahren?"

„Nein, nein. Sie waren da am Straßenrand und sind weggelaufen, als wir vorbeigefahren sind."

„Was? Und deswegen machst du so ein Geschrei? Ich wäre vor Schreck fast in den Straßengraben gefahren."

„Oh, Entschuldigung. Hast du sie denn nicht gesehen?"

„Nein, Sonnenschein. Ich fahre und muss mich auf die Straße konzentrieren."

„Aber sie waren doch gleich am Straßenrand und haben Gras gefressen. Warst du denn so sehr auf die Straße konzentriert?"

„Scheinbar. Hab' sie wirklich nicht gesehen."

„Alexander, nicht träumen, nicht nachdenken, fahren und sehen. Man muss es dir immer wieder sagen, sonst verpasst du noch alles."

„So wie zwei kleine Hasen?"

„Och, sie waren so süß. Und so lustig, wie sie weggehoppelt sind. Einer dem anderen nach. So süß."

„Die beiden haben's dir wirklich angetan."

„Nicht eifersüchtig sein, du bist doch mein ‚Süßer'."

„Nenn mich bitte nicht ‚Süßer'..... Ich meine nicht, nachdem du zwei kleine Hasen mit Wuschelschwänzchen und langen Ohren süß genannt hast."

„Nein, du hast recht. Du bist nicht mein Süßer. Du bist mein Alexander, der Große."

„Alexander, der Große?"

„Geschickter Feldherr, mutiger Eroberer – Alexander, der Große."

„Du bist praktisch schon die Einzige, die mich Alexander nennt. Aber ‚Alexander, der Große' hat mich bestimmt noch nie jemand genannt."

Früher, als er noch klein war, nannte ihn fast jeder ‚Alexander', sein voller Taufname. Je älter er dann wurde, desto mehr wurde er zu ‚Alex'.

Jasmin schaute ihm zu, wie er leise den Namen für sich wiederholte. Er neigte dabei seinen Kopf ein wenig, so als würde er sich bei irgendjemandem vorstellen. Dann nickte er sich selbst anerkennend zu und grinste stolz. Erst jetzt bemerkte er, dass Jasmin ihn beobachtet hatte. Sofort errötete er und lächelte sie verlegen an. Sie lächelte zurück und streichelte ihm mit ihrer Hand durch seine Haare.

Es war kein sehr großer See. Abseits der Stadt lag er eingebettet in einem kleinen Tal zwischen den Vorläufern zweier beginnender Gebirgsketten. Halb war er von Wald umgeben, die andere Hälfte teilten sich die paar Häuser einer kleinen Siedlung mit einer großzügigen Wiesenfläche, auf der sich die Besucher breit machen konnten. Zwischen Wiese und Waldrand zogen sich, Dünen gleich, mit hohem Wildgras überwachsene Hügel. Dorthin spazierten Jasmin und Alex, nachdem sie das Auto abstellten.

Alex trampelte etwas Gras auf einer der Anhöhen nieder und breitete die Decke aus. Jasmin machte sich daran, den Korb auszupacken und die mitgebrachten Speisen, Schalen und Teller auszubreiten. Er schaute ihr einen Moment dabei zu, wandte sich dann aber der Aussicht auf den See zu.

Alex liebte es hierher zu kommen. An schlechten Tagen, wenn Job oder Leben einmal wieder kaum auszuhalten waren, dann war er in Gedanken praktisch dauernd hier. Allein die Vorstellung dieses Orts half stets, seine innere Anspannung zu lösen. Entdeckt hatte er ihn auf den Sonntagsspaziergängen mit seiner Familie. Später war er oft an schulfreien Nachmittagen mit Freunden hier gewesen. Schließlich waren dann für eine lange Zeit nur noch der See und er selbst übrig geblieben.

Auf der anderen Seite, dort wo die Häuser standen, gab es noch Land, das bebaut werden konnte. Es gehörte der Familie von einem seiner ehemaligen Schulkollegen. Sie verloren sich zwar aus den Augen, aber Alex hatte ihm schon gesagt, dass er am Kauf interessiert sei. Eines Tages würde er sich hier niederlassen. Er sah es vor sich, wie sein Haus da stehen würde, zweistöckig, unten Stein, oben dunkles Holz, mit Balkon und Giebeldach. Nach vorn zum See hin mit einem kleinen Vorplatz zum Sitzen, dann Rasen und alles umgeben von einem kleinen Lattenzaun. An freien Tagen würde er den Grill aufbauen und in einem Liegestuhl über den See blickend darauf warten, bis das Fleisch fertig war. Er sah seine Kinder um sich herumrennen, im Spiel schreiend und lachend. Eine Frau, seine Frau, brachte ihm ein kühles Getränk. Sie setzte sich zu ihm auf den Liegestuhl und er wusste, dass sie lächelte, konnte aber ihr Gesicht nicht sehen, weil ihn die Sonne zu blenden schien.

Er hatte einige Varianten dieser Vorstellung seines Lebens am See. Diese war aber seine liebste. Das Einzige, das ihn etwas störte, war, dass er in keinem seiner Tagträume das Gesicht der Kinder und der Frau erkennen konnte. So sehr er sich auch anstrengte.

„Alexander, willst du den ganzen Tag da herumstehen oder hilfst du mir?"

„Ist es nicht herrlich hier?"

„Ja, das ist es. Packst du bitte das Fleisch auf einen Teller?"

„Natürlich."

„Woher kennst du den See eigentlich so gut?"

„Ach, meine Eltern haben ihn mir gezeigt. Wir waren oft hier mit unserem Hund spazieren."

„Ihr hattet einen Hund?"

„Ist schon lange her. Ich war noch sehr klein. War aber schön mit ihm hier zu spielen und zu wandern."

„Ist er so früh gestorben?"

„Er war schon alt. Musste weg."

„Soweit ich weiß, haben deine Eltern keinen Hund. Habt ihr euch nie einen neuen angeschafft?"

„Nein, Vater wollte keinen mehr. Ist nicht so der Hundetyp, weißt du."

„Wie geht es ihm eigentlich? Hat er sich einigermaßen erholt?"

„Du weißt ja, wie er ist. Er arbeitet schon wieder in der Bank und wahrscheinlich immer noch zu viel. Und die Jagd hat er auch nicht aufgegeben. Es ist wohl alles zu viel für sein Herz, aber er will es nicht anders. Sie wissen nicht, wie lange er noch hat."

„Und wie geht er damit um?"

„Gar nicht, nehme ich an. Du kennst ihn."

„Du hast nicht mit ihm gesprochen, oder?"

„Ich hab' mit Mutter telefoniert. Er war gerade nicht da."

„Wir sollten mal wieder vorbeigehen. Ich mag deine Eltern."

„Es gibt keine Kreatur auf dieser Erde, die du nicht magst, oder?"

„Alexander, sprich nicht so! Es sind deine Eltern."

„Entschuldige, Sonnenschein. Kommt nicht wieder vor."

Alex beugte sich zu Jasmin hinüber und als sie sich küssten, nutzte er sein Körpergewicht, um sie unter sich auf den Rücken zu rollen. Er wollte sie gerade wieder küssen, als er merkte, wie etwas auf seine Beine und Füße gefallen zu sein schien. Es fühlte sich an wie Steine, die auf ihn darauffallen. Jasmin spürte es auch, denn sie reagierte fast gleichzeitig. Erschrocken zogen sie ihre Beine zu sich und setzten sich auf. Nach einem Moment brachen sie in erleichtertes Lachen aus. Ein halbwüchsiger Hund stand mitten auf ihrer Decke und war dabei, das Fleisch zu fressen, das Alex gerade auf einem Teller bereitgestellt hatte. Offensichtlich hatte es der Vierbeiner gerochen und war bei seiner ‚Jagd' über ihre Beine gestolpert. Angelockt durch ihre Bewegungen und das Lachen kam der Hund jetzt zu ihnen herüber. Er beschnupperte sie aber nur kurz und wandte sich dann wieder dem restlichen Fleisch zu. Alex versuchte, ihn vom Teller wegzudrücken, aber der Hund ließ sich nicht verscheuchen. Jasmin musste immer noch lachen und hielt

Alex zurück. Dann ertönte vom Waldrand her ein Pfiff. Der Hund blieb regungslos stehen, hob den Kopf und lauschte. Als der gleiche Pfiff noch einmal ertönte, schnappte er sich das letzte Stück Wurst vom Teller und rannte den Hügel hinunter in Richtung Wald.

Jasmin und Alex standen auf und sahen ihm nach, bis er zu seinem Herrchen gelaufen war, das auf dem Wanderweg am Waldrand auf ihn wartete. Als Jasmin merkte, wie aufgebracht der Besitzer offensichtlich war, weil sein Hund etwas im Maul hatte und energisch versuchte, es ihm wegzunehmen oder ihn zumindest am Fressen zu hindern, rannte sie selbst den Hügel hinunter auf die beiden zu. Alex konnte nicht hören, was sie dem Mann zurief. Aber ihrer Gestik nach und dem Umstand, dass er darauf seinen Hund die Wurst fertig fressen ließ, nahm er an, sie hatte ihm erklärt, dass der kleine Frechdachs gerade bestes Frischfleisch für etwa zehn Sandwichs verdrückt hatte. Offenbar entschuldigte sich der Mann dann und wollte nach seiner Brieftasche greifen, aber Jasmin winkte ab. Sie fingen an miteinander zu plaudern und Jasmin versuchte, den Hund zu streicheln. Der kam zwar zu ihr und ließ sich kurz anfassen, aber als er merkte, dass es nicht noch mehr zu fressen bei ihr gab, ließ sein Interesse schnell wieder nach und er verschwand, seine Schnauze am Boden, im Wald. Herrchen verabschiedete sich daraufhin von Jasmin und ging dem Hund nach. Kaum war er weg, konnte man wieder einen Pfiff aus dem Wald hören. Jasmin schaute den beiden einen Moment nach und tänzelte dann den Hügel hinauf auf Alex zu.

Als sie nur noch ein paar Schritte von ihm entfernt war, blieb sie stehen und schaute ihn an. Sie lächelte nicht, sie bewegte sich nicht, sie schaute ihn einfach nur an. Das wilde Gras reichte ihr bis zu den Knien. Wind streichelte ihr Sommerkleid und zersäuselte sanft ihr Haar. In ihrem Gesicht spiegelte sich der Glanz der untergehenden Sonne. Alex stand reglos oben auf dem Hügel. Er war bei ihrem Anblick erstarrt.

„Alexander, der Große, ich mag dich wirklich sehr. Für mich bist du auf dem Weg ‚Alexander, der Grösste' zu werden."

Alex spürte, wie alles Blut schlagartig aus seinem Gesicht absackte und ihm wurde fast schwarz vor Augen. Nur mit Mühe konnte er sich noch auf den Beinen halten, die sich plötzlich kraftlos anfühlten. Wie durch einen Schleier sah er, dass Jasmin jetzt die letzten Schritte auf ihn zurannte.

„Fang mich auf!"

Im letzten Moment riss er irgendwie seine Arme nach oben und sie sprang hinein. Aber Jasmin hatte so viel Schwung, dass beide ins Straucheln kamen und er fiel zusammen mit ihr nach hinten auf den Boden. Sie lachte laut auf.

„Was denn, starker Mann? Bin ich etwa zu schwer für dich?"

Dann machten sie da weiter, wo sie waren, als der junge Hund sie überrascht hatte.

3

Jasmin legte sich vorsichtig aufs Bett und rollte sich behutsam auf die Seite, um Alex beim Schlafen zusehen zu können. Er lag auf dem Rücken, sein friedliches Gesicht ihr zugewandt. Nach ein paar Atemzügen stützte sie sich auf ihren Ellbogen und senkte sanft ihren Kopf zu ihm hinunter. Sie begann zärtlich seine Stirn zu küssen und tastete sich vorsichtig an seiner Schläfe und Wange hinunter bis zu seinen Lippen. Schlaftrunken öffnete Alex seine Augen und sobald er begriff, was vor sich ging, erwiderte er ihren Kuss. Ihre Haare waren nass und sie roch wunderbar nach frisch geduscht. Als seine Hände sich an Jasmins Körper entlang zu tasten begannen, entzog sie sich ihm wieder.

„Guten Morgen, Schlafmütze."

„Hallo, Sonnenschein. Schön, so geweckt zu werden."

„Das kann ich mir vorstellen. Merk' es dir doch, falls es je vorkommen sollte, dass du einmal vor mir erwachst."

„Ok, schon notiert. Aber, hm, was könnten wir machen, jetzt da ich auch wach bin?"

„Wir könnten uns beeilen, damit wir rechtzeitig bei meinen Eltern sind."

„Was? Na ja, nichts gegen deine Eltern, aber um ehrlich zu sein, ich hatte da schon ein paar ganz andere Ideen im Kopf."

„Wirklich? Du hattest mehrere Ideen im Kopf?"

„Mehr oder weniger nur eine Idee. Aber in ganz verschiedenen Variationen."

„So verlockend das auch klingt, Alexander, wir müssen vorwärts machen."

„Ist das dein Ernst?"

„Mein voller Ernst. Komm, ich habe Hunger."

„Hm, ich fühle mich gerade wieder extrem müde. Lass uns im Bett frühstücken und dann noch ein Weilchen weiterschlafen."

„Nichts da. Auf geht's. Beweg deinen knackigen Hintern unter die Dusche. Meine Mutter kocht und bei uns zu Hause wird pünktlich gegessen."

„Deine Eltern wissen ja nicht, dass du zum Essen kommen wolltest. Wir könnten erst zum Kaffee vorbeigehen. Das wäre sowieso viel höflicher."

„Wir sind eingeladen."

„Sind wir? Ich bin also der Einzige, der nicht weiß, das wir zum Essen zu deinen Eltern gehen?"

„Du weißt es jetzt auch."

„Wie lange weißt du es denn schon? Haben sie heute Morgen angerufen?"

„Nein. Vor etwa fünf Tagen."

„Ach, und es ist dir erst jetzt in den Sinn gekommen, es mir zu sagen? Mal am Telefon oder beispielsweise gestern, als wir den ganzen Tag zusammen verbracht haben, am See und hier bei dir waren, da gab es keine Gelegenheit, es zu erwähnen?"

„Habe es schlicht vergessen."

„Natürlich hast du das."

„Alexander, du weißt genau, hätte ich es dir früher gesagt, hättest du sehr wahrscheinlich gar nicht erst bei mir übernachtet und irgendeine Ausrede gefunden, warum du heute nicht mitkommen kannst. Ich möchte dich wirklich gern mal wieder beim Essen mit meiner Familie dabei haben."

„Und jetzt ist es zu spät für eine Ausrede, hm?"

„Mein Gott, wenn du wirklich nicht mitkommen willst, dann rufe ich an und sage ab."

„Langsam, Sonnenschein, langsam. Entschuldige, das war nur ein Spruch. Ein dummer Spruch."

„Dann gehen wir?"

„Sicher. Ich habe auch Hunger und deine Mutter kocht viel besser als du."

Jasmin nahm ihr Kissen und drückte es ihm lachend auf das Gesicht. Daraufhin drehte sich Alex auf sie herauf und hielt ihre Arme auf dem Bett fixiert fest. Sie versuchte sich halbherzig zu befreien.

„Du bist ein cleveres Mädchen, Sonnenschein. Du hast mich schon gut durchschaut. Das macht mir fast ein wenig Angst."

„Trotzdem musst du jetzt unter die Dusche."

„Es ist so schön, dass ihr beiden es einrichten konntet.", begrüsste sie Jasmins Mutter und umarmte dabei Alex. Dann wandte sie sich an Jasmin und küsste sie auf die Wangen. „Du siehst gut aus. Leider kann deine Schwester nicht kommen. Die Zwillinge sind krank. Wir haben sie gestern besucht, die Ärmsten hat es wirklich stark erwischt".

„Aber es sind zwei starke Jungs, die sind bald wieder auf dem Damm. Hallo ihr beiden, freut mich, dass ihr gekommen seid." Jasmins Vater war aus dem Garten hereingekommen, wo er den Tisch fertig gedeckt hatte,. „Wie lange war es vor gestern her, seit wir sie das letzte Mal gesehen hatten? Zwei, drei Wochen? Unglaublich, wie schnell die Jungs groß werden. Und haben immer etwas zu erzählen, die Beiden. Wir hätten euch gern alle zusammen hier gehabt, aber es wäre wirklich unverantwortlich gewesen. Das nächste Mal klappt es sicher. Wahrscheinlich rennen die Jungs dann schon wie wild durchs ganze Haus."

Jasmin umarmte ihren Vater und stupste dann Alex mit ihren Hüften leicht in die Seite. „Gut so. Dann kann Alex endlich auch etwas mit den Beiden anfangen und Ball mit ihnen spielen."

Mit der Vorspeise begann ein Essen, das schnell wie üblich eine unterhaltsame Veranstaltung wurde. Mal stand die Mutter auf, weil sie in der Küche etwas vergessen hatte, dann holte der Vater Bilder von den Zwillingen, dann wollte Jasmin die gerade neu verlegten Teppiche im Schlafzimmer sehen, dann wurde etwas verschüttet, das alle gleichzeitig aufwischen wollten, dann holte die Mutter Alex und ihrem Mann ein neues kühles Bier, dazwischen servierte der Vater Gang um Gang oder schöpfte nach, wenn jemand annähernd einen leeren Teller vor sich hatte und schließlich musste sich Alex entschuldigen, weil er die Toilette benutzen musste. Als er wieder zurückkam, berichtete Jasmin gerade von ihrem gestrigen Ausflug zum See. Bei der Stelle über den Vorfall mit dem jungen Hund, verschluckte sie sich vor lauter Lachen am Wasser, das sie gerade trinken wollte und verhinderte knapp, dass sie alles über den ganzen Tisch heraus hustete. Alex musste mitlächeln und klopfte ihr, mehr tröstend als helfend, auf den Rücken.

„Warum hatten wir eigentlich nie einen Hund?", fragte Jasmin, nachdem sie die Geschichte doch noch zu Ende erzählt hatte.

„Du meine Güte, Kind.", lachte ihre Mutter, „Mit euch zweien war das Haus mehr als voll und wir beschäftigt genug. Ich glaube nicht, dass ein Hund da noch Platz gehabt hätte."

„Das stimmt.", meinte ihr Vater, „Und wenn wir noch ein drittes Kind gewollt hätten, dann hätten wir es beim Storch bestellt."

„Aber zum Spielen und Herumrennen draußen, wäre ein Hund schon lustig gewesen.", insistierte Jasmin.

„Dafür habt ihr keinen Hund gebraucht. Glaub' mir. Ihr seid viel gerannt und herumgetobt. Außerdem hatten wir viele Kinder in der Nachbarschaft, mit denen ihr spielen konntet.", beruhigte sie ihre Mutter.

Etwas nachdenklich gab ihr Vater zu: „Wir überlegten, uns einen Hund zuzulegen, als ihr aus dem Haus wart".

„Aber nicht lange und nicht wirklich ernsthaft.", fügte ihre Mutter mit einem Lächeln hinzu und begann damit, den Tisch abzuräumen.

„Eigentlich nicht, nein.", bestätigte ihr Vater. „Als ihr beide ausgezogen wart, hatten wir kurze Zeit Bedenken, dass uns das Haus zu groß und zu leer vorkommen würde. Aber dann nach und nach, na ja, eigentlich sehr schnell, merkten wir, wie schön es ist, das Haus nur für uns zu haben. Nicht, dass wir euch nicht jeden Tag vermissen und an euch denken würden. Und vor allem freuen wir uns, wenn ihr zu Besuch kommt. Aber wir wussten gar nicht mehr, wie es ist, nur zu zweit zu sein. Ich sage dir, eure Mutter und ich haben einige wunderbare alte Seiten an uns neu entdeckt. Und die machen noch viel mehr Spaß, als sie es früher getan haben."

„So genau wollte ich es gar nicht wissen.", wehrte Jasmin grinsend ab und half ihrer Mutter beim Abräumen. „Dann gibt es halt keinen Hund in unserer Familie. Ich werde darüber hinwegkommen. Ich passe sowieso manchmal auf den Hund meiner Nachbarn auf, wenn sie wegfahren und ihn nicht mitnehmen können. Mit dem kann ich auch spazieren gehen. Das muss dann halt reichen."

Als beide Frauen mit Geschirr in der Küche verschwunden waren, wandte sich Jasmins Vater an Alex: „Und, Alexander, seid ihr gestern mit dem Convertible zum See gefahren?".

Alex nickte.

„Hat sie dich fahren lassen?"

„Ja, das hat sie. Ausnahmsweise, wie ich hörte."

„Nein, nein. Nicht ausnahmsweise. Sie ist nur sehr wählerisch, wenn es darum geht, wer fahren darf und wer nicht. Wenn sie dich fahren lässt, dann musst du jemand Besonderes für sie sein."

Alex nickte wieder und errötete dabei ein wenig. Er hoffte inständig, dass dieses Gespräch damit zu Ende war oder wenigstens eine der Frauen aus der Küche zurückkommen würde. Umso erleichterter sah er, wie Jasmins Vater sich daran machte, beim Abräumen des Tisches zu helfen und tat es ihm gleich.

Nachdem sie zusammen das Geschirr abgewaschen hatten, schlug Jasmin vor, einen Verdauungsspaziergang zu machen.

„Das ist eine gute Idee.", pflichtete ihre Mutter bei. "Die frische Luft macht Alexander vielleicht auch ein bisschen redseliger."

Jasmin musste lächeln und sah Alex provozierend an: „Es ist eigentlich erstaunlich, sonst ist er gar nicht so still. Aber das ist eine angenehme Abwechslung."

„Ich rede halt nur, wenn ich auch wirklich etwas zu sagen habe.", gab er zurück. Als er bemerkte, dass der Satz etwas schnippischer als gewollt aus seinem Mund gekommen war, rollte er sofort mit den Augen, setzte ein unterdrücktes Grinsen auf und schüttelte den Kopf, um seine Antwort als Sarkasmus zu entlarven. „Es war einfach spannend euch zuzuhören. Da bin ich gar nicht dazu gekommen, etwas zu sagen."

Sie verließen das Haus und fingen an, gemütlich durch das Quartier zu spazieren.

„Sprichst du denn wenigstens mehr mit dem Herrn?", fragte ihn Jasmins Mutter.

Für einen Moment sah Alex aus, als hätte ihm jemand eine Ohrfeige gegeben: „Mit dem Herrn?"

„Ja, du weißt schon, mit unserem Herrn."

Jasmin und ihr Vater ließen sich hinter die beiden zurückfallen.

Alex fing sich wieder. „Hm, nein, ich rede eher selten mit ihm. Ich glaube auch nicht, dass ich einer der Menschen bin, mit denen er unbedingt reden will."

„Da mach' dir mal keine Sorgen Es gibt keine Menschen, mit denen er nicht reden möchte. Und er hört auch sehr gern zu. Er ist die Liebe und er teilt sie mit uns."

„Tja, dann werde ich mir bei Gelegenheit vielleicht einmal die Zeit für ein Gespräch mit ihm nehmen."

„Alexander, ich weiß, dass das alles ein wenig komisch und nach Mittelalter für euch Junge klingt. Ich will dir auch gar nichts aufschwatzen. Aber es wäre sehr schade, wenn du deine Augen verschließt und dich abwendest, bevor du dich ernsthaft davon überzeugt hast, dass es da wirklich nichts für dich zu sehen gibt."

Alex drehte seinen Kopf diskret nach Jasmin um. Bevor er etwas sagen musste, war sie nach vorne gekommen und verwickelte ihre Mutter in ein Gespräch über die alte Nachbarschaft, durch die sie gerade spazierten. Alex verlangsamte indes seine Schritte, bis er sich neben Jasmins Vater wiederfand. Nach und nach fielen die beiden ein paar Meter hinter die Frauen zurück.

„Ich muss gestehen, ich habe auch nicht so die ausführlichen Gespräche mit dem Herrn wie meine Frau. Ich war heute Morgen aber in der Kirche. Wir gehen fast jeden Sonntag. Ich gehe, weil sie geht und es ihr viel bedeutet. Ich glaube, da ist sie ihrer Mutter sehr ähnlich. Was ich aber sagen will, Alexander, ich weiß, was ich für diese Frau empfinde. Und es ist mir an und für sich egal, ob man es ‚Liebe' im zauberhaftesten aller Sinne oder ‚Apfelmus mit Zimt' nennen will. Es ist mir auch so lang wie breit, ob ich dieses Empfinden rein der Biochemie zuordne oder an irgendeine höhere Macht glauben soll. Das alles ändert nichts an den Gefühlen, wie ich sie empfinde. Meine Frau glaubt fest daran, dass wir das Privileg besitzen, die Art zauberhafte Liebe zwischen uns zu erleben, die uns eine wohlwollende übermenschliche Instanz zu Teil werden lässt. Sie ist eine scharfsinnige und sehr intelligente Frau. Womöglich viel intelligenter und ganz sicher um einiges vernünftiger als ich. Vielleicht gerade deshalb, ich weiß es nicht, ist sie von der Existenz einer solchen Instanz und einer solchen Liebe überzeugt. Wenn ich nun also die Wahl habe, in einer Welt zu leben, in der möglicherweise tatsächlich das Gute an sich existiert, oder in einer ganz und gar Entzauberten, dann wähle ich doch lieber in Ersterer. Jeder wirklich halbwegs kluge Mann würde das tun, meinst du nicht? Vor allem, wenn für ihn dafür nichts weiter notwendig ist, als ein wöchentlicher Ausflug mit seiner geliebten Frau in die Kirche und ein bißchen Offenheit für das, was möglich sein könnte."

„Wie auch immer. Jedem das Seine."

„Das sowieso. Aber du darfst hier ruhig ganz offen sein. Das soll eine Diskussion sein, keine Beichte oder Prüfung."

„Hm, ich mache mir da nicht so viele Gedanken dazu."

„Komm schon, Alexander, jetzt verkaufst du dich unter Wert. Stille Wasser gründen bekanntlich tief. Zumindest behauptet das Jasmin von dir."

„Tut sie das, hm?"

„Ja, sie ist ziemlich begeistert von dir. Aber wenn du nicht reden willst, dann willst du nicht. Ist auch ok."

„Ich will einfach niemanden beleidigen. Das ist alles."

„Falls du denkst, du würdest mich beleidigen, nur weil du eine andere Meinung hast, dann könntest du gar nicht falscher liegen. Wenn du allerdings einfach respektlos über meine Worte herziehen willst, dann ja, dann wäre ich beleidigt. Aber so schätze ich dich nicht ein. Oder doch?"

„Nein, das möchte ich natürlich nicht."

„Na, also. Sehr gut, dann los."

Sie gingen noch ein paar Schritte, dann atmete Alex tief ein und wieder aus.

„Eure Romantik in allen Ehren. Aber ich kann mich mit der Idee einer solchen Instanz, die über uns sein soll, einfach nicht anfreunden."

„Weil?"

„Weil hier ‚unten' soviel Scheiß abgeht. Und meistens gerade noch im Namen einer solchen Instanz."

„Und mit ‚Scheiss' meinst du Krieg, Elend, Hunger etc."

„Nicht nur. Man braucht gar nicht soweit zu gehen, um sich ernsthaft zu fragen, ob da wirklich so etwas wie ‚unser Herr' ist. Unsere Wertvorstellungen und Umgehensweisen untereinander können unmöglich göttlicher Natur sein. Die Ideen solcher Instanzen werden doch sowieso meistens nur missbraucht, um Verhalten zu entschuldigen oder zu rechtfertigen, von dem wir genau wissen, dass es nicht ganz richtig ist. Es sind einfach Vorwände, um uns von unserem schlechten Gewissen zu befreien."

„Einverstanden. Aber ist das nicht eigentlich eine andere Frage? Nämlich die Frage nach dem, was wir als Menschen aus diesen möglichen Instanzen machen?"

„Wenn es keine gibt, kann man auch nichts daraus machen."

„Du sagst es. Das Problem ist aber, das wir eigentlich überhaupt nicht sicher sind, ob es dergleichen gibt oder nicht. Trotzdem machen wir eine ganze Menge daraus."

„Ja, eben. Aber wenn alle sich bewusst wären, dass die Indizien eindeutig gegen solche Instanzen sprechen, und konsequent wären, dann gäbe es dieses Getue gar nicht."

„Genau, Indizien. Ob dafür oder dagegen sei einmal dahin gestellt. Aber es geht gar nicht darum, ob es diese Instanzen gibt oder nicht. Wir werden es, zumindest so wie es im Moment aussieht, rein wissenschaftlich gar nicht sagen können, ob ja oder nein. Fakt ist, dass sich trotzdem der Großteil der Menschen bemüht, irgendetwas daraus zu machen. Es ist menschlich."

„Das macht diese Instanzen nicht wahrer und unser Verhalten nicht entschuldbarer."

„Aber es bedeutet auch, dass man besser die Frage nach dem, was wir Menschen daraus machen, und nicht die nach der Existenz dergleichen stellen sollte. Man muss vorerst nicht die ganze Welt entzaubern. Man muss nach den menschlichen Aspekten fragen.

„Meinetwegen. Mit oder ohne etwas über uns, der Mensch ist schlecht."

„Na ja, das ist nun etwas arg hart, findest du nicht?"

„Alles, was heute auf unserer noch blauen Kugel abgeht, geht direkt auf unsere Kappe. Politik, Kultur, Kunst und Gesellschaft widerspiegeln genau das, was der Mensch ist. Und da ist heute wirklich nicht mehr viel Brauchbares dabei. Unsere ,jeder für sich und mir das Meiste und zwar um jeden Preis'-Taktik geht gerade mächtig nach hinten los. Wir sind als Kreaturen doch völlig im Arsch."

„Man darf nicht vergessen, das Leben der Menschen hat sich in den letzten Jahren auch sehr stark verändert. Seit dem Wachsen der Informationsgesellschaft ist die Welt ganz schön klein geworden. Ich weiß nicht, ob wir im Moment einfach die Auswirkungen der Überforderung des Einzelnen mit dieser Entwicklung zu spüren bekommen."

„Babylonier, Griechen, Römer, alle Hochkulturen gingen irgendwann unter. Vielleicht ist es an der Zeit, dass wir jetzt einer Neuen den Platz an der Sonne überlassen. Am besten gleich einer neuen Spezies."

„Ohne Zweifel unterliegen die Zeiten und Kulturen einem steten Wandel. Aber das taten sie schon immer. Das ist etwas Gutes, denn es bedeutet Entwicklung."

„Fragt sich halt nur, wohin diese Entwicklung führt."

„Die Menschheit ist noch jung. Ich glaube auch, dass wir noch viel, sehr viel lernen müssen. Aber wir tun es doch auch ganz artig. Nehmen wir einmal nur die letzten Jahrzehnte, die waren gar nicht so übel: Wir sind der Pubertät der gewaltsamen Eroberungs- und Ausbreitungsgelüste einigermaßen entwachsen, sind dabei den jugendlichen Übermut der Industrialisierung zu überstehen und kommen langsam mit dem Sturm und Drang des Informationszeitalters zu recht. Ich persönlich glaube sogar, dass da klein und versteckt schon einzelne Keime der Einsicht des jungen Erwachsenseins in ökologische und ethische Nachhaltigkeit aufblühen. Entschuldige die übertriebenen Metaphern, Alexander. Aber ich finde es schon spannend, Mensch und Teil der Menschheit zu sein."

„Und daher mitverantwortlich, für alles, was abgeht."

„Oh nein. Da bin ich ganz und gar nicht mit dir einig. Ja, ich bin Teil der Menschheit. Ja, ich trage meinen Teil dazu bei, sie mit in eine Richtung zu entwickeln Aber nein, ich bin nicht für die ganze Menschheit verantwortlich und was sie mit sich und anderen anstellt. Das ist doch wie im Geschäftsleben: Aufgabe, Kompetenz und Verantwortung müssen deckungsgleich sein oder so ähnlich, nicht? "

„Und du siehst es nicht als deine Aufgabe, die Menschheit weiterzubringen?"

„Doch schon, aber nur in meinem Kompetenzbereich. Und damit nur mit dieser Verantwortung. Wobei ‚nur' natürlich untertrieben ist. Würden wir alle unsere Aufgabe so wahrnehmen, wären wir schon ein rechtes Stück weiter."

„Was oder wie groß ist denn dein Kompetenzbereich?"

„Mein Kompetenzbereich ist mein eigenes Verhalten und Leben. Und mit ‚Leben' meine ich vor allem das, was ich an die Menschheit weitergebe. Also meine Kinder."

„Man könnte auch der Ansicht sein, Kinder in diese Welt zu setzen, ist eine unfaire Zumutung. Für die Kinder, meine ich."

„Es ist nie eine Zumutung, geboren zu werden. Es ist immer eine Zumutung, geboren zu werden. Darüber kann man fast nicht streiten. Es sind die zwei Seiten der gleichen Medaille. Aber wenn du die Menschheit wirklich weiterbringen willst, dann musst du auf die Menschheit einwirken. Das kannst du mit deinem Verhalten tun. Und noch viel mehr kannst du das mit deinen Kindern. Was du ihnen mitgibst oder nicht, wie sie der Welt und dem Leben begegnen, verändert die Menschheit viel mehr als alles andere. Deine Kinder werden es dann mit ihren Kindern gleich tun und so weiter."

„Was habt ihr denn Spannendes zu bereden, dass ihr so vertieft seid?", fragte Jasmin. Sie und ihre Mutter waren stehen geblieben und hatten auf die Männer gewartet.

„Kinder.", antwortete ihr Vater mit einem Grinsen.

Beide Frauen starrten überrascht Alex an. Der wäre fast einen Schritt zurückgewichen: „Was denn? Kinder. Das stimmt."

„Und was genau habt ihr über Kinder gesprochen?", wollte Jasmin neugierig wissen.

„Lasst uns noch durch den Park gehen und dann zurück nach Hause. Ich habe jetzt Lust auf Kaffee und Kuchen.", lenkte ihr Vater ab.

„Ich habe heute extra einen Sonntagskuchen gebacken.", fügte ihre Mutter hinzu.

Aber Jasmin hatte sich bei Alex eingehakt und ließ nicht locker: „Was ist nun mit Kindern?"

„Nichts Besonderes. Dein Vater hat nur dargelegt, dass Kinder unsere Zukunft sind."

Und nach einer kurzen Pause: „Die Zukunft der Menschheit. Die Kinder sind die Zukunft der Menschheit."

Jasmins Vater half aus: „Wir haben darüber diskutiert, wie man der heutigen Menschheit helfen könnte, sich in eine gute Richtung zu entwickeln. Und eine Idee war, dass man seine Kinder so auf das Leben vorbereitet, dass sie und die nächsten Generationen befähigt sind, unter verschiedenen Entwicklungsrichtungen die Wünschenswerteste für die Menschheit voranzutreiben."

„Also so, wie ihr es mit meiner Schwester und mir gemacht habt.", lobte Jasmin ihre Eltern und sie dankten es ihr mit einem stolzen Lächeln. „Aber,", fuhr Jasmin fort, „wie ich Alexander kenne, wollte er bestimmt nicht so lange warten und schon bis morgen die ganze Welt retten."

„Was eigentlich ein sehr edler Vorsatz ist.", attestierte ihr Vater.

„Ja, ja, am liebsten wie ein Held in einem Film.", schüttelte Jasmin ihren Kopf und küsste Alex auf die Wange. „Hauptsache mein Held."

„Anders als im Film", begann ihr Vater und nahm seine Frau in den Arm, „kann ein Einzelner aber selten die ganze Welt verändern. Das Leben an sich ist viel größer als jeder von uns. Diese Ohnmacht des Einzelnen ist so wunderbar, wie sie auch grausam ist. Ich glaube, wenn man das nicht akzeptiert, kann man daran zu Grunde gehen. Und vielleicht hilft es, sich mehr als geschätzten Teil von etwas Größerem zu fühlen, von etwas, das über uns allen ist, als damit leben zu müssen, unbedeutend und machtlos einer zufälligen Willkür ausgeliefert zu sein."

„Außerdem", spann Jasmin den Faden weiter und lehnte ihren Kopf an Alex' Schulter, „im eigenen Umfeld und im Kleinen können wir schon einiges bewegen und verändern. Wie wäre es mit einer kleinen Lisa und einem kleinen Michael?"

Sie spürte, wie Alex leicht zusammenzuckte und machte weiter: „Jennifer und Daniel?"

Alex löste den eingehakten Arm und schaute sie mit großen Augen an. Sie hielt seinem Blick nicht lange ohne zu Lachen stand: „Du solltest dein Gesicht sehen, Alexander. Keine Panik, soweit sind wir doch noch nicht. Zuerst gibt es noch Kaffee und Kuchen."

Sie ließ es sich aber nicht nehmen, während des restlichen Spaziergangs zusammen mit ihren Eltern alle möglichen Namen für Mädchen und Jungen aufzuzählen.

Wieder zurück im Garten des Hauses, wurden Alex zu Kaffee und Kuchen Erinnerungen über die vielen früheren sonntäglichen Spielnachmittage der Familie serviert. Bald waren so viele Anekdoten und Erlebnisse aufgewärmt worden, dass die Gemüter ins Spielfieber kamen. Jasmin führte Alex zum großen Holzschrank, wo alle Spiele aufbewahrt wurden. Hinter den geöffneten Türen sah er sich auf den Regalen Dutzenden von Spielschachteln gegenüber, unter denen er eine aussuchen sollte. Er kannte außer Memory, das man auch alleine spielen konnte, kein einziges der Spiele. Schlußendlich griff er einfach blind in den Schrank und zog die Schachtel heraus, die er zu fassen bekam, und brachte sie hinaus an den Tisch. Jasmin machte sich sofort daran, das Spiel in der Mitte des Tischs aufzubauen. Ihre Eltern schoben Tassen und Teller aus dem Weg, um Platz für das Würfeln zu haben. Alex nahm sich noch ein Stück Kuchen und meinte, er würde die erste Runde aussetzen und zusehen, um das Spiel kennenzulernen. Er ließ sich von den anderen nicht überzeugen, dass einfach einmal Mitspielen die bessere Einstiegsmethode ist. Als die Runde länger dauerte, als er zum Kuchen essen brauchte, fragte er, ob er sich währenddessen die laufende Sportübertragung im Fernsehen ansehen könnte. Den Rest des späten Nachmittags verbrachte Alex anschließend im Wohnzimmer vor dem Fernseher. Hin und wieder hörte er aufgeregte Stimmen und erlösendes Gelächter draußen im Garten.

Als sie sich auf den Heimweg machten, war die Nacht schon hereingebrochen. Jasmin schaute Alex an. Jedes Mal, wenn sie ein entgegenkommendes Auto kreuzten, leuchtete sein Gesicht für einen Moment im Scheinwerferlicht, bevor es wieder im Halbdunkel verschwand.

„Du siehst traurig aus. War es so schlimm für dich heute?"

„Bin nur müde, Sonnenschein."

„Wirklich? Wenn meine Schwester und die Zwillinge noch dabei sind, dann läuft doch noch viel mehr."

„Wenn sie auch dabei sind, dann schaue ich mir mit ihrem Mann den ganzen Nachmittag lang Sport an. Er kann das sonst nie machen."

„Stimmt. Ihr zwei macht meistens auf Glotzenwächter. Es war zu viel Familienschlauch für dich heute, hm?"

„Es war ... ungewohnt."

„Ungewohnt gut oder ungewohnt schlecht?"

„Das kann man doch so nicht sagen. Ungewohnt ist ungewohnt."

„Ja, aber ungewohnt im positiven oder eher im negativen Sinn. Komm, was sagt dir dein Bauch?"

„Das ich zu viel gegessen habe?"

„Alexander!"

„Es war sicher nicht schlecht. Deine Eltern sind einfach anders als meine. Ungewohnt halt."

„Oh, gute Idee! Als Ausgleich für dich könnten wir am nächsten Sonntag zu deinen Eltern fahren. Sie würden sich sicher freuen. Und jetzt, wo es deinem Vater nicht so gut geht, sowieso."

Alex war für einen Moment still. „Mal schauen. Vielleicht muss ich nächstes Wochenende arbeiten."

„Wirklich? Oder ist das jetzt schon die Vorbereitung einer Ausrede?"

„Es ist ja nicht gerade so, dass Besuche bei meinen Eltern den Höhepunkt der Woche darstellen."

„Alexander, red' nicht so. Es ist schön, Zeit mit deinen Eltern zu verbringen."

„Was hat dir das letzte Mal denn am besten gefallen: die üblichen Monologe meines Vaters über die neuesten Aktienmarktanalysen und über die Jagd? Die Top Ten-Gründe meiner Mutter, warum Frauen wie sie auf ihrer Managementstufe immer noch weniger verdienen, als ihre männlichen Kollegen? Oder die wunderbare Stille, die sonst geherrscht hat?"

„Du übertreibst. So schlimm war das gar nicht. Wir haben auch über Urlaubspläne und Mode gesprochen. Und es ist doch schön, dass die beiden so viel Interesse und Freude an ihren Berufen haben."

„Das sind nicht ihre Berufe. Es sind ihre ganzen Leben."

Sie waren vor Jasmins Wohnung angekommen und Alex stellte das Auto ab.

„Wie auch immer. Lass' es mich im Verlauf der Woche wissen, wie du dich entschieden hast, Alexander."

„Werd ich tun."

„Kommst du mit rein und bleibst heute Nacht bei mir?"

„Würde ich gerne. Aber ich muss morgen früh raus, da ist es besser, wenn ich bei mir schlafe."

„Du kannst auch bei mir früh raus. Ich muss auch aufstehen."

„Es ist einfacher so."

„Sicher, Alexander?"

Alex beugte sich zu Jasmin hinüber und gab ihr einen Kuss auf die Lippen.

„Ich werde vor dem zu Bett gehen an dich denken und dann von dir träumen, Sonnenschein."

„Das müsstest du nicht, wenn du hier bleiben würdest."

„Dafür werde ich mich umso mehr auf unser Wiedersehen freuen."

„Du hattest heute Morgen Unrecht. Viel zu oft kann ich dich nicht durchschauen. Aber ich arbeite daran."

„Vielleicht gibt es auch einfach nichts zu sehen."

„Gute Nacht, Alexander, danke für das schöne Wochenende."

„Ich danke dir. Schlaf schön, träum süß, Sonnenschein."

4

Alex stieg aus dem Bett und fing an, sich anzuziehen. Hinter ihm schaltete Nicole den kleinen Fernseher ein, der auf der gegenüberliegenden Seite an die Wand geschraubt war. Sie lag nackt auf der Bettdecke und packte den Salat und das Sandwich aus, das Alex ihr mitgebracht hatte. Das kleine Motelzimmer roch nach Mottenkugeln und abgestandenem Rauch.

Es war mittlerweile Donnerstag, kurz nach Mittag. Er hatte Jasmin seit dem Wochenende bei ihren Eltern noch nicht wieder gesehen. Seit sie sich am Sonntagabend verabschiedeten, hatte Alex sich auch nicht mehr bei ihr gemeldet.

„Hast du's eilig, Alex? Wir haben das Zimmer sowieso bis morgen früh bezahlt."

„Ich muss zurück zur Arbeit."

„Komm zurück ins Bett und buch' es unter Kundenbetreuung ab. Du willst doch nicht, dass der Laden wegen dir eine Stammkundin verliert, oder?"

„War der Service denn nicht gut heute?"

„Der Service war gut. Aber ich habe nicht gesagt, dass ich schon bedient bin."

Alex setzte sich aufrecht, gegen das Kopfende gelehnt, auf das Bett und schaute Richtung Fernseher.

„Wie war die Geburtstagsparty deines Sohns?"

„Geht das wieder los. Willst du mir den Mittag versauen?"

„Wollte nur wissen, ob er sich über die Videospielkonsole freute."

„Er hat sich sehr gefreut. Wir bekommen ihn vor lauter spielen kaum noch zu Gesicht."

„Tja, dann war es wohl gut, dass du ihm keinen Hund geschenkt hast."

„Und wie war dein Wochenende? Hast du es mit Jessica verbracht?"

„Jasmin. Ja."

„Habt ihr was gemacht oder seid ihr nur im Bett geblieben?"

„Haha."

„Was ist? Macht es mit ihr nicht so viel Spaß, wie mit mir?"

„Wir waren bei ihren Eltern."

„Hm, sieh an. Und? Wie war's?"

„Jasmins Mutter hatte gekocht. War gut."

„Ich meine doch nicht das Essen. Hat sie eine Rabenmutter, wie ich eine bin?"

„Kaum."

„Bah, das hat gesessen. Aber denk' dran, mein Süßer, du bist der, der mich vögelt."

„Schätze, ihre Eltern sind ganz okay."

„Du schätzt, sie sind ganz okay? Das Sandwich hier ist ganz okay. Aber du wirst wohl ein bisschen mehr über ihre Eltern sagen können?! Du hast doch mit ihnen gesprochen, oder?"

„Schon, aber ich habe halt nicht so darauf geachtet. Wir aßen und dann sah ich mir das Spiel im Fernsehen an."

„Hast ihnen deine Schokoladenseite gezeigt, hm? Mögen sie dich trotzdem?"

„Keine Ahnung."

„Na, haben sie dich dauernd böse angeschaut oder waren sie nett zu dir?"

„Zu Besuchern ist man immer nett."

„Sie mögen dich also. Und irgendwie ist dir das unangenehm. Du bist schon ein komischer Kauz."

„Denk dran, du bist die, die sich von mir vögeln lässt."

„Tja, wahrscheinlich eben gerade deshalb."

Nicole bot Alex ihr restliches Sandwich an, das sie halb gegessen hatte. Als er abwinkte, wickelte sie es in eine Serviette und begann, in ihrem Salat herumzustochern. Er schaute ihr einen Moment abwesend zu.

„Sag mal, denkst du, dass wir uns weiterentwickeln?"

„Du und ich?"

„Du, ich, die Menschheit."

„Wo kommt das denn jetzt her? Deine Gedankensprünge sind phänomenal."

„Wollte nur Konversation machen, während du isst. Kann auch fernsehen."

„Ganz ruhig bleiben. Wie meinst du das, ,weiterentwickeln'?"

„Naja, dazulernen. Geistiges, psychisches Wachstum und so. Besser werden im Umgang mit uns und der Welt."

„Wir verändern uns sicher. Alles verändert sich irgendwie mit der Zeit, nicht? Wir werden anders. Aber nicht besser. Was heißt schon ,besser'. Besser, schlechter, so etwas gibt es doch gar nicht."

„Anders im Sinne von reifer, vernünftiger, ... glücklicher?"

„Du bist wieder auf der Suche nach dem Paradies. Warum kannst du nicht einfach hier sein und genießen, was wir haben? Es ist doch alles wunderbar. Wir haben Spaß. Und im Vergleich zu den meisten anderen Menschen leben wir verdammt gute Leben."

„Sollten nicht alle gute Leben haben?"

„Niemand hat gesagt, dass das Leben fair ist. Siehst du, ein Grund mehr, einfach zufrieden zu sein."

„Und woher willst du überhaupt wissen, dass wir ‚gute' Leben haben? Vorhin wusstest du auch nicht was ‚besser' bedeutet."

„Alex, was willst du hören? Was soll ich dir erzählen, damit du deine Klappe hälst? Engel werden eines Tags aus dem Himmel hinunter auf die Erde fliegen, alles Böse weg machen und wir werden alle als eine große glückliche Familie im Garten Eden leben?"

„Sei nicht albern. Darum geht es doch gar nicht."

„Worum denn dann?"

„Was weiß ich, wie man das sagen soll. Vielleicht so etwas wie: seelisches Wachstum, ein bisschen mehr Liebe, Mitgefühl und Verantwortung für uns und das Leben."

„Also doch Engel, die aus dem Himmel kommen."

„Nein, überhaupt nicht. Mach' nicht immer alles lächerlich."

„Ach, ich bin lächerlich?! Haben sie dir am Wochenende Hamlet vorgelesen, oder was? Horatio, die Welt ist, was sie ist. Und das Leben ist, was man daraus macht."

„Tja. Vielleicht. Möglicherweise hast du Recht."

„Schätze, deshalb mag ich dich so: Du bist ein hoffnungslos verlorener Träumer."

„Und, willst du mich nicht retten?"

„Süßer, ich bin nicht Jasmin."

„Das hat nichts mit ihr zu tun."

„Wie auch immer. Du brauchst doch nur ehrlich zu dir selbst zu sein, dann weißt du genau, dass ich Recht habe."

„Wie meinst du das?"

„Wo immer dich deine Träume sonst hinführen, Alex, Tatsache ist, im wahren Leben hier und jetzt bist du trotzdem bei mir."

Alex starrte den Fernseher an. Nicole aß ihren Salat fertig. Dann stand sie auf und warf die leere Plastikschüssel und die Serviette mitsamt dem Sandwich in den Mülleimer. Sie schaute kurz aus dem Fenster und streckte sich. Als sie zurück ins Bett kam, nahm sie die Fernbedienung und schaltete den Fernseher aus. Sie fing an, sich mit ihrem Körper an Alex zu schmiegen. Langsam legte sie ein Bein über seine Beine und drehte sich auf ihn, bis sie mit der Brust voran auf seinem Schoss saß. Ihre Knie link und rechts neben seinem Becken auf dem Bett, drückte sie ihren Rücken durch und legte den Kopf nach hinten. Als Alex nicht reagierte, griff sie sich eine seiner Hände. Sie strich mit dieser zwischen ihren Brüsten vorbei, hoch an ihren Mund. Zärtlich küsste und leckte sie seine Handfläche. Dann lutschte sie von der Wurzel bis zur Spitze seinen Mittelfinger ab, ließ ihn an sich herabgleiten und führte ihn bei sich ein.

„Das magst du doch, oder Alex? Dein kleines Stück Paradies."

Alex zog seine Hand zurück.

„Ich sollte jetzt wirklich zur Arbeit zurückgehen."

Nicole schaute ihn ungläubig an. Als Alex ihrem Blick reglos Stand hielt, kletterte sie von ihm herunter auf die freie Seite des Betts.

„Dann hau ab, Sandwichjunge."

Er stand auf und ging in Richtung Zimmertür.

„Weißt du Alex, in letzter Zeit ist es ziemlich mühsam mit dir. Wenn das nicht besser wird, werde ich mir einen anderen suchen."

Er blieb stehen und drehte sich zu ihr um. Sie schauten sich an.

„Ist vielleicht das Beste, Nicole."

„Was soll das heißen? Das war's?"

Einen Moment lang schien er zu zögern.

„Ja, das war's."

„Wegen ihr? Für sie? Glaubst du, das ändert irgendetwas?! Glaubst du, du änderst dich?! Oh Alex, werd' erwachsen und hör auf zu träumen."

„Wenigstens kann ich noch träumen."

„Ts. Du wirst das arme Ding unglücklich machen."

Alex sah Nicole einen Moment lang an, dann verließ er wortlos das Zimmer und ging zurück zur Arbeit.

Jasmin hatte ihn diese Woche zwar schon mehrmals angerufen, aber er hatte das Telefon einfach klingeln lassen. Ihm war nicht danach gewesen, mit Jasmin zu sprechen oder sie zu sehen. Die ganze Woche fühlte er sich schon müde und träge. Er schlief schlecht. Sein Kopf und Gemüt schienen wie in Watte gepackt zu sein. Das einzig Angenehme an diesem Zustand war, dass er bei der Arbeit wie auf Autopilot schalten konnte und alles an seiner lethargischen Dumpfheit abprallte.

Selbst der Bruch mit Nicole kümmerte ihn auch im Nachhinein an diesem Nachmittag kaum. Es war ein unangenehmer Moment gewesen, aber wirklich tief war er ihm nicht gegangen. Umso mehr beschäftigten ihn jetzt Gedanken an Jasmin – und drängten sich seit dem Treffen mit Nicole immer stärker in seinem Kopf. Bis zum Ende seiner Schicht ließ er zweimal ein Sandwich fallen, was ihm in seiner gesamten Zeit noch nicht passiert war, in der er bis jetzt angestellt war. Alex wusste genau, dass Jasmin sauer auf ihn war, weil er so lange nicht bei ihr angerufen oder sich bei ihr sehen gelassen hatte. Es war nicht das erste Mal. Üblicherweise ging er einfach bei ihr vorbei, wenn er sie wiedersehen wollte und brachte irgendetwas von zu viel Arbeit als Entschuldigung hervor und was ihm sonst gerade so in den Sinn kam. Jasmin schimpfte jeweils ein wenig mit ihm und war noch ein paar Momente böse auf ihn, aber das verflog immer alles schnell und sie versöhnten sich rasch wieder. Aber diese spielerische Unverbindlichkeit verspürte er heute überhaupt nicht. Ein paarmal dachte er sogar daran, sie anzurufen und zu fragen, ob sie am Abend zu Hause sei und er vorbeikommen könne. Oder sich wenigstens zu erkundigen, wie es ihr ginge. Je mehr er überlegte, desto lächerlicher kam er sich dabei vor. Umso mehr wollte er aber auch unbedingt Jasmin sehen.

Am späten Abend fuhr Alex an ihrer Wohnung vorbei. Er konnte das Licht in Jasmins Fenster brennen sehen, also war sie zu Hause. Langsam steuerte er sein Auto noch einmal um ihren Block. Als er wieder bei ihrer Wohnung war, vergewisserte er sich erneut, dass in ihrem Fenster das Licht brannte und fuhr abermals an ihrer Einfahrt vorbei. Ein paar hundert Meter weiter machte er schließlich kehrt und parkte am Straßenrand. Er schaltete den Motor aus, aber stieg nicht aus, sondern blieb im Auto sitzen. Abwesend schaute er seinen Fingerspitzen zu, wie sie schnell abwechselnd auf das Lenkrad schlugen. Als wären sie eine Ausrede, nicht aussteigen zu müssen. Es hörte sich ein wenig an wie schwere Regentropfen, die bei einem starken Gewitter auf ein Dach treffen. Schließlich warf er sich in den Sitz zurück, verschränkte seine Arme, um nicht mehr mit den Fingern zu spielen, und atmete ein paarmal tief durch. Er konnte den frischen Duft des Blumenstraußes riechen, der auf dem Beifahrersitz lag. Es waren Jasmins Lieblingsblumen. Er nahm ihn und stieg aus. Nachdem er ein paar Schritte in Richtung ihrer Wohnung gegangen war, blieb Alex wieder stehen. Er schaute sich die Blumen an. Natürlich würde sie sich darüber freuen. Nicht nur, weil er sich daran erinnerte, welches ihre Lieblingsblumen waren, sondern vor allem, da er ihr endlich einmal Blumen mitbrachte. Sie würde ihn fragen, warum er ihr Blumen schenkte. Warum ausgerechnet heute. Er wusste nicht, was er ihr antworten sollte. Überhaupt wusste Alex nicht, was er Jasmin sagen wollte. Als Einziges wusste er sicher, dass er sie sehen und bei ihr sein wollte. Er ging zum Auto zurück und legte die Blumen wieder auf den

Beifahrersitz. Dann schlenderte er zu ihrer Wohnung und klingelte an Jasmins Tür.

„Sieh' an, wer sich die Ehre gibt. Alexander, der Große, hat sich dazu durchringen können, endlich einmal wieder das gewöhnliche Weibervolk zu besuchen."

Sie ließ ihn an der offenen Tür stehen und ging ins Wohnzimmer. Alex folgte ihr.

„Hallo Jasmin. Entschuldige. Es ging nicht früher."

„Ach? Mal wieder jemand bei der Arbeit krank geworden und du musstest einspringen?"

„Nein. Ich ... ich konnte einfach nicht früher."

„Du konntest einfach nicht? Es war dir ‚einfach' nicht möglich, ein Telefon in die Hand zu nehmen und meine Nummer zu wählen?"

Er ging zum Sofa und setzte sich. Sie blieb in der Mitte des Raums stehen, verschränkte ihre Arme und fixierte ihn mit den Augen.

„Jasmin, bitte. Lass' es dieses Mal einfach nochmal gut sein. Ich verspreche dir, es wird nicht mehr vorkommen. Und du bist nicht gewöhnliches Weibervolk. Du bist außergewöhnlich für mich."

„Netter Versuch. Aber so kommst du mir nicht davon. Vier Tage, Alexander! Vier Tage lang habe ich nichts von dir gehört oder gesehen!"

„Ich habe dich wirklich sehr vermisst. Glaub' mir."

„Bitte was? Hast du sie noch alle?! Mich vermisst. Offensichtlich nicht einmal genug, um anzurufen. Sag mal, willst du mich für dumm verkaufen?!"

„Nein, das will ich nicht."

„Sondern?"

„Nichts. Es ging halt einfach nicht. Ich musste ... ich musste mir Dinge überlegen."

„Was für Dinge?"

Vielleicht weniger überlegen. Die Dinge mussten mir klar werden."

„Was für Dinge?"

„Du. Ich. Dinge halt."

„Wie soll dir irgendetwas klar werden, wenn du nicht einmal weißt, was dir klar werden soll? Für diese Vorstellung hier hättest du heute wirklich nicht vorbeikommen müssen. Vielleicht war es das, was dir nicht ganz klar war."

Alex stand auf und stellte sich ans Fenster neben dem Sofa. Er schaute auf die Straße hinunter. Die Abenddämmerung hatte der Nacht Platz gemacht. Er strich sich mit beiden Händen durch die Haare und hielt Erstere dann an seinem Hinterkopf ineinander verschränkt. Ein paar Augenblicke blieb er so stehen, dann ließ er die Arme an seinem Körper wieder hinunterfallen und drehte sich um. Jasmin hatte sich inzwischen auf einen Stuhl am Esstisch in der anderen Ecke des Wohnzimmers gesetzt.

„Jasmin, ich mag dich wirklich sehr."

„Vielen Dank auch."

„Im Ernst. Immer, wenn ich mit dir zusammen bin, habe ich das Gefühl, ich lebe in einer anderen Welt. Und ich würde gern mehr davon erleben."

„Schön für dich. Und so dankst du es mir? In dem du mich unglücklich machst?"

Alex zuckte innerlich zusammen. Er hielt einen Moment inne und schaute Jasmin verunsichert an. Sie saß ruhig am Tisch und schien darauf zu warten, bis er etwas sagte.

„Ich mache dich unglücklich?"

„Wenn du solche Sachen machst wie diese Woche, dann ja, dann machst du mich ein bisschen unglücklich."

Er starrte immer noch in ihre Richtung. Aber sein Blick ging durch sie hindurch ins Nirgendwo. Als hätte ihn schlagartig eine schwere Müdigkeit befallen, ließ er sich auf den Fenstersims hinter ihm fallen, wo sein Oberkörper in sich zusammen zu sacken schien.

„Ich mache dich unglücklich", murmelte er nochmals vor sich hin.

Jasmin schob ihren Stuhl zurück und kam zu ihm herüber. Alex senkte seinen Kopf. Sie blieb einen Schritt von ihm entfernt stehen.

„Hör zu, Alexander, ich bin dir nicht mehr böse. Aber tu' so etwas bitte nie wieder. Wenn du mich wirklich magst, dann ist es langsam an der Zeit, dass du anfängst, dich auch dementsprechend zu verhalten."

Er hob den Kopf wieder und schaute sie an. Seine Augen waren glasig geworden. Tränen sammelten sich darin.

„Ich werde dich unglücklich machen", sagte er mit zittriger, schwacher Stimme.

Jasmin schüttelte ihren Kopf.

„Was redest du da? Was ist nur los mit dir heute? Du bist so komisch."

Sie streckte ihre Hand aus und wollte ihm über die Wange streicheln. Aber Alex drehte abrupt den Kopf weg, um ihrer Berührung auszuweichen. Erschrocken zog Jasmin ihren Arm zurück. Sie schaute ihn entsetzt an. Alex hatte das Gefühl, ihr Blick drücke ihn noch weiter in sich zusammen und er bekam kaum noch Luft. Von tief innen rollte eine glutheiße Welle Panik herauf bis in sein Gesicht und ließ es rot anlaufen. Sein Blick verschwamm, seine Ohren wurden taub, seine Gedanken zerstoben in alle Richtungen. Er musste um Hilfe schreien: „Ich habe eine Affäre."

Einen unendlich andauernden Moment, in dem alles stillzustehen schien, waren beide wie erstarrt. Dann durchbrach ein unsicheres Lächeln Jasmins gefrorenes Gesicht.

„Das ist ein Scherz, oder?"

Alex verbarg das Gesicht in seinen Händen. Jasmin drehte sich von ihm weg und entfernte sich ein paar Schritte. Ihre Atmung war plötzlich zu einem heftigen Staccato geworden und sie kämpfte mit aller Kraft gegen den Sturm, der sich in ihr erhob und ihr die Sinne zu nehmen drohte. Mehrmals versuchte sie tief Luft zu holen. Sie wollte etwas sagen, aber ihre Stimme blieb immer wieder in ihrem zugeschnürten Hals stecken und es kam nichts über ihre Lippen, außer Schluchzer. Sie hielt sich die Hand vor die Lippen, um sich selbst zum Schweigen zu bringen, aber es ging nicht. Tränen begannen ihre Wangen hinunter zu rollen. Hinter ihr war Alex aufgestanden und auf sie zugekommen. Als Jasmin ihn bemerkte, wich sie weiter von ihm weg und deutete ihm mit hochgehobener Hand, dass er nicht näher kommen sollte. Er setzte sich wieder auf das Sofa und starrte vor sich ins Leere. So vergingen einige Minuten. Jasmin ließ sich erneut auf einen Stuhl am Esstisch fallen. Manchmal hörte er, wie sie sich die Nase putzte. Dann wurde es schließlich ganz still. Alex wartete bewegungslos. Er wusste nicht, was er tun sollte. Die Stille war ihm ein eigenartiger Trost. Wäre das Licht nicht gewesen, käme er sich ganz unsichtbar vor. Am Tisch atmete Jasmin ein paarmal tief ein und wieder aus.

„Liegt es an mir? Geht dir alles zu schnell?"

Als hätte er auf ein Kommando gewartet, sprang Alex auf. Er wollte zu ihr gehen, blieb aber wie angewurzelt stehen. Sein Herz klopfte ihm bis zum Hals.

„Jasmin! Es liegt sicher nicht an dir! Es liegt an mir. Ich alleine bin schuld. Ich habe einen großen, einen riesengroßen Fehler gemacht. Ich weiß nicht ...", weiter konnte er nicht mehr sprechen, denn er spürte einen Weinkrampf in sich hochkommen.

„Sag' mir wieso. Sag' mir einfach wieso!"

Aber Alex konnte nichts mehr sagen. Er stand da und schaute Jasmin hilflos an, während er die immer wieder nach oben drängenden Schluchzer hinunterschluckte.

„Du bist kein schlechter Mensch, Alexander. Das weiß ich. Aber du machst es dir selbst schwer. Und dann tust du so etwas. Und ich weiß einfach nicht warum."

Er wollte zu ihr hinüberstürmen, vor ihr auf die Knie fallen, sie beschwören und ihr sagen, dass er die Affäre schon beendet und sie ihm nichts bedeutet hatte. Aber es ging nicht. Er konnte sich nicht bewegen und seine Lippen ließen keines dieser Worte frei.

Jasmin stand auf und wurde drängender: „Warum tust du mir das an? Warum tust du dir das selbst an?!"

Sie sah ihn an und ihr Blick flehte nach Antworten. Alex presste die Lippen zusammen und schaute von ihr weg. Versteckt blinzelte er sich die Tränen aus seinen Augenwinkeln.

Jasmin verlor die Geduld: „Ich will, dass du jetzt gehst."

Alex sah sie wieder an.

„Geh!"

Noch immer bewegte er sich nicht.

„Verschwinde!!"

Mit hängendem Kopf ging Alex schließlich langsam aus dem Wohnzimmer und zur Eingangstür. Bevor er diese hinter sich zuzog, hörte er noch, wie Jasmin laut zu weinen anfing.

Auf dem halben Weg zum Auto ging Alex immer schneller, bis er die letzten Schritte sogar im Laufschritt zurücklegte. Er riss die Fahrertür auf, sprang in den Sitz und fuhr mit fast durchdrehenden Reifen weg. Als wäre er auf der Flucht, raste er kreuz und quer durch die Straßen der Stadt. Irgendwie die Geschehnisse in Jasmins Wohnung hinter sich abhängen. Dinge ungeschehen machen, Worte unausgesprochen lassen. Aber es war alles bei ihm im Auto, hatte sich in seinem Kopf und seinem Herzen festgefressen. Er spürte es. Einen Moment lang überlegte er, noch schneller zu fahren und vielleicht irgendwann zu schnell zu fahren, um das Auto noch im Griff zu haben. Allem doch noch zu entkommen. Stattdessen fuhr er langsamer. Seine Sicht wurde schlechter, weil er anfing, zu weinen. Schließlich musste er anhalten und der lange aufgestaute Weinkrampf brach mit all seiner Gewalt aus ihm heraus.

Als sich sein Gemüt nach heftigen Minuten wieder beruhigt und er die letzten Tränen aus seinen Augen gewischt hatte, war Alex völlig erschöpft. Sein Körper fühlte sich tonnenschwer an, sein Kopf leer und die Welt um ihn herum wie in einem Traum. Wie ein Unbeteiligter schaute er sich dabei zu, wie er zum Zündschlüssel griff und losfuhr. Irgendwann stand er auf dem Parkplatz am See. Er sah die Konturen des Waldes, die vom zackigen Profil der Baumspitzen in den Himmel gezeichnet wurden, und die matte schwarze Fläche, die sich morgen früh bei Tageslicht wieder in das Wasser des Sees zurückverwandeln würde. Ansonsten war es zu dunkel, um mehr zuerkennen. Bei der kleinen Siedlung brannten ein paar Lichter. Von irgendwo zwischen den Häusern hörte er einen Hund bellen und jaulen, der ausgesperrt worden war.

Alex machte es sich im Autositz so bequem wie möglich und wollte in seine Vorstellung vom Haus am See verschwinden. Mit geschlossenen Lidern versuchte er, sich sein Haus im strahlenden Sonnenschein vor das geistige Auge zu zaubern. Er wartete darauf, bis er die Kinder irgendwo spielen und lachen hören würde. Leise Hoffnung keimte in ihm auf, seine Frau würde kommen und ihn in ihre Arme schließen. Nichts dergleichen geschah. Vor seinen Augen tobte ein wildes Bildergewitter, in dem er nicht viel erkennen konnte. Jasmin tauchte plötzlich auf und verschwand ebenso schnell wieder. Nicole war da. Von irgendwo her rannte ein

Hund auf ihn zu. Aber seine ruhige traumweltliche Oase fand er in diesem Sturm nicht. Und schon bald löste sich alles in der Bewusstlosigkeit des Schlafs auf.

Am nächsten Morgen wurde Alex von Baumaschinenlärm geweckt. Ein Kran war dabei, auf einem Stück Wiese bei der Siedlung Markierungen und Schilder aufzustellen. Ein paar Männer standen um das Gerät herum und gaben dem Kranführer mit Handzeichen Anweisungen.

Alex sah sich den Blumenstrauß an, der noch immer auf seinem Beifahrersitz lag. Ein paar der Blüten hatten begonnen zu welken. Er nahm den Strauß und stieg aus. Nachdem er sich streckte, ging er zum Wasser. Die Seeoberfläche war noch immer ganz glatt. Es roch nach frühem Morgen und war kühl. Alex sah sich nochmals die Blumen in seiner Hand an. Dann holte er aus und warf sie mit aller Kraft hinaus in den See. Der Strauß klatschte auf das Wasser, schaukelte ein paarmal auf und ab, schließlich begannen die Stiele, Blüten und Blätter in alle Richtungen davon zu treiben. Er setzte sich hin und schaute dabei zu. Zwischendurch versicherte er sich mit einem Blick auf seine Uhr, dass er viel zu spät zur Arbeit kommen würde und entschied, dass er soeben gekündigt hatte.

Nach einer Weile ging Alex zurück zum Auto. Er wollte zu sich nach Hause und dort weiterschlafen. Als er wegfuhr, warf er nochmals einen Blick in den Rückspiegel auf die Bauarbeiter und den Kran und wunderte sich, was das alles bedeuten mochte.

5

Ein kühler Wind spielte mit den wenigen Wolken am Himmel und die Sonne vermochte den Nachmittag auch nicht richtig zu erwärmen. Die versammelten Leute standen andächtig und still um das frisch ausgehobene Grab. Zuforderst Alex neben seiner Mutter. Mit versteinerten Minen schauten sie zu, wie der Sarg seines Vaters langsam in die Grube hinuntergelassen wurde.

Der Friedhof war ein weitläufiges Gelände, das rundherum durch eine Mauer vom Rest der Welt abgeschnitten war. Auf einer kleinen Anhöhe stand die Kirche, in der die Messen abgehalten wurden. Die einzelnen Gräber waren in Sektionen angelegt, die gut gepflegte Kieselsteinwege miteinander verbanden. Vereinzelt standen Skulpturen und ein paar Brunnen auf der Anlage. Dazwischen und vor allem entlang der Mauer gab es auch viele Bäume. Sie trugen bereits einen feinen bräunlichen Anstrich des einziehenden Herbstes. Alex war noch nie hier gewesen und hatte Beerdigungen, und vor allem Friedhöfe, immer mit tiefer Trauer und Schmerz in Verbindung gebracht. Aber als er in der Prozession hinter dem Sarg die Kirche verließ und einen Blick auf die Szenerie warf, die sich ihm hier bot, empfand er eine eigenartige Ruhe. Der Ort des endgültigen Ankommens sah aus wie ein abgeschiedener, friedlicher Garten, in dem Kreuze und Steine aus dem Boden sprossen.

Seine Mutter war als Erste an der Reihe, ihre Blumen auf den Sarg hinunter zu werfen und ihn zu segnen. Dann war Alex dran. An der Seite des Grabes stehend, sahen sie anschließend zu, wie alle anderen es ihnen gleich taten. Eine dieser Personen war zu Alex' Überraschung Jasmin. Als sie in der Kolonne an ihm vorbeiging, trafen sich kurz ihre Blicke. Sie sahen sich zum ersten Mal wieder, seit er vor drei Wochen aus ihrer Wohnung ging. Und erneut schaute Alex in Augen, die Tränenglanz in sich trugen. Nur war es dieses Mal ein warmes Glänzen und nicht das Kühle, wie bei ihrem

Auseinandergehen. Jasmin wollte etwas zu Alex sagen, aber bevor sie dazu kam, wurde sie von den Leuten in der Reihe hinter ihr weitergeschoben und ging nach ihrer Segnung in der Menge verloren.

Im Anschluss an die Zeremonie blieben die meisten Leute noch vor der Kirche stehen und überbrachten ihre Kondolenzen. Zum Ende hin machte sich Alex davon. Er lehnte sich an sein Auto auf dem Parkplatz, welcher außerhalb des Haupteinganges zum Friedhof lag. Er hatte seiner Mutter versprochen, hier auf sie zu warten und sie dann nach Hause zu fahren.

„Deine Mutter sagte mir, dass ich dich hier finden würde."

Es war Jasmin, die plötzlich neben ihm stand. Er hatte sie nicht kommen sehen, weil er mit dem Rücken zur Kirche stand. Alex schaute sie nur an. Einerseits, weil er sich etwas erschrocken hatte. Andererseits, weil er schlicht nicht wusste, was er zu ihr sagen sollte.

Sie trat ganz nah an ihn heran und umarmte ihn.

„Mein allerherzlichstes Beileid. Es tut mir so leid."

Er erwiderte ihre Umarmung und drückte sie dabei fest an seinen Körper. Jasmin schluchzte leise. Sie standen ineinanderverschlungen da, bis Alex merkte, dass sie ihre Hände von seinem Rücken genommen hatte. Erst jetzt entließ er sie auch aus seinen Armen.

„Danke. Schön, dass du gekommen bist, Jasmin."

Sie wischte sich Tränen aus den Augen.

„Deine Mutter rief mich an und sagte mir, dass dein Vater gestorbensei. Meine Eltern kamen auch zur Beerdigung. Aber sie waren nicht am Grab. Sie wussten nicht genau, ob es dir recht wäre."

Alex musste lächeln und schüttelte sanft seinen Kopf.

„Sag' ihnen vielen herzlichen Dank fürs Kommen. Und sie hätten ruhig ans Grab gehen können."

„Ich werde es ihnen ausrichten."

Jasmin lehnte sich neben ihn an das Auto, sodass ihre Arme sich leicht berührten. Alex schaute seinem Fuß zu, wie er kleine Steine auf dem Boden wegkickte.

„Deine Mutter ist eine starke Frau. Sie wirkt gefasst und scheint das alles hier gut durch zu stehen. Wirklich bewundernswert."

„So kann man's auch formulieren."

„Was meinst du damit?"

„Sagen wir so, meine Eltern waren schon immer beide gut darin, ihre Gefühle zu ‚managen'."

„Das klang bei ihr am Telefon aber ganz und gar nicht so. Der Tod deines Vaters nahm sie sehr mit."

Alex sah sie an.

„Wirklich? Kam er ihr ungelegen, weil gerade ein wichtiges Geschäftsprojekt am laufen war?"

„Alexander, bitte red' nicht so. Sie liebte deinen Vater. Sie liebt auch dich sehr. Wir sprachen lange miteinander. Sie ist traurig darüber, dass wir beide Probleme haben und hofft ..."

„Du hast mit ihr über uns gesprochen?! Das geht sie überhaupt nichts an. Ich habe ihr gesagt, dass wir uns nicht mehr sehen und das ist alles, was sie wissen muss."

„Sie ist deine Mutter, Alexander. Sie wird nie aufhören, dich zu lieben und sie wird nie aufhören, sich Sorgen um dich zu machen. Egal, ob du das willst oder nicht."

„Was in aller Welt habt ihr beide da alles besprochen?!"

„Schließ' sie doch nicht aus deinem Leben aus. Gerade in diesen Tagen, wo sie einen geliebten Menschen verloren hat, braucht sie dich."

„Hey, ich bin hier, oder?! Ich mache dieses ganze Theater mit. Außerdem ist es nicht gerade so, dass da ein Herz und eine Seele entzweit worden sind."

„Es gibt immer Hochs und Tiefs in einer Beziehung. Das weißt du, Alexander."

„Ich spreche nicht von Hochs und Tiefs. Die beiden passten perfekt zusammen. Sie waren sich sehr ähnlich. Erschreckend ähnlich."

„Also waren sie doch sehr glücklich miteinander."

„Glück ist ein dehnbarer Begriff. Meine Eltern kannten sich seit ihrer Schulzeit. Als junge verliebte Teenager erlebten sie vielleicht mal so etwas wie Leidenschaft oder Liebe, aber das war nicht die Grundlage ihrer Beziehung. Was sie vielmehr miteinander verband, war ihre gemeinsame Lebensphilosophie: Nimm dir, was du kriegen kannst, bevor es ein anderer tut und geniess' das Leben. Und das haben sie getan. Manchmal miteinander, manchmal mit anderen. Das gegenseitige Verständnis für beruflichen Erfolg und eine luxusbetonte, hedonistische Lebensweise über alles zu stellen, schweißte sie zusammen. Geheiratet haben sie schlußendlich nur, weil sie ein Kind bekamen."

„Ich bin mir sicher, du übertreibst. Und ich bin mir auch sicher, dass beide dich über alles liebten und immer noch lieben. Genau so, wie sie einander geliebt haben. Und jetzt ist dein Vater für immer von uns gegangen."

„Ts. Hast du sie am Grab weinen sehen? Hast du irgendjemanden weinen sehen?!"

„Alexander, es geht doch nicht darum, ob jemand weint oder nicht. Das sagt überhaupt nichts über Jemandes' Innenleben aus."

„Weißt du, mein Vater war so etwas wie ein erfolgreicher Mann. Aber er war kein besonders guter Mensch. Warum da eine Träne verschwenden."

„Alexander! Mach' dich nicht unglücklich mit solchen Aussagen. Dein Vater hatte eine schöne Beerdigung. Es waren wirklich viele Leute da."

„Die Einen sind gekommen, weil sie mit uns verwandt sind. Alle anderen sind entweder Kollegen aus seiner Bank, die wahrscheinlich sicher sein wollten, dass er tot ist, oder sie sind Angestellte meiner Mutter, die sich bei ihr einschleimen wollen."

Jasmin schüttelte den Kopf und putzte sich die Nase, wobei sie sich versteckt die Augen mit dem Taschentuch trocken rieb.

„Ich erkenne dich kaum wieder, Alexander. Wie kannst du nur so reden."

„Weißt du, was er mir testamentarisch vererbt hat?! Sein Jagdgewehr! Sein beschissenes Jagdgewehr."

„Er liebte die Jagd. Vielleicht wollte er dir etwas hinterlassen, was ihm viel bedeutete."

Alex ging ein paar Schritte vom Auto weg. Jasmin konnte hören, wie er drei, vier Mal tief ein und aus atmete. Als er sich wieder umdrehte, fixierte er sie mit einem harten Blick aus zusammengekniffenen Augen. Jasmin richtete sich vom Auto auf. Er holte tief Luft und deutete mit ausgestrecktem Zeigefinger in Richtung Friedhof.

„Mit diesem Gewehr machte er das einzig Anständige in seinem ganzen Leben: Er hat damit meinen Hund erschossen!"

„Er hat euren Familienhund erschossen?!"

„Es war MEIN Hund."

Er kämpfte gegen seine Tränen und verlor. Wieder wandte er sich von Jasmin ab und verbarg seine Augen hinter vorgehobenen

Händen. Sie ging zu ihm und berührte ihn an der Schulter. Sofort entfernte er sich von ihr. Jasmin konnte an den Zuckungen seines Kopfes und Oberkörpers erkennen, dass er still weinte. Sie wartete geduldig, bis er sich beruhigte. Dann ging sie nochmals zu ihm und reichte ihm ein Taschentuch. Alex nahm es und wischte sich damit sein Gesicht ab.

„Komm, lass' uns ein Stück gehen. Und erzähl' mir von deinem Hund."

Sie spazierten zurück in Richtung Kirche und dann entlang der Mauer zum hinteren Teil des Friedhofes. So vermieden sie es, viele Leute von der Beerdigung zu treffen.

„Mein Hund hieß Buddy und ich bekam ihn von meinem Patenonkel zum fünften Geburtstag geschenkt. Er war noch ein Welpe."

„Das war aber der gleiche Hund wie jener, mit dem ihr am See spazieren gegangen seid."

„Ja. Da war er noch nicht sehr alt. Er war verspielt und ist gern draußen rumgerannt."

„Und dein Vater hat ihn ..."

„Erschossen. Es war am Ende wirklich eine gute Tat. Ist eine etwas längere Geschichte."

„Da sind immer noch viele Leute bei deiner Mutter. Und ich habe Zeit."

Alex zögerte einen Moment.

„Buddy war ein guter Hund. Als ich in bekam, war er ein süßer und ziemlich tollpatschiger Welpe. Er rannte hinter allem her, was ich ihm zuwarf. Tennisbälle, Stöcke, Frisbees, leere Plastikflaschen, alles was irgendwie durch die Luft flog, versuchte er zu fangen. Wenn ich zu weit warf, hat er es meistens nicht gefunden. Und zurück brachte er schon gar nichts. Was er fing, das war seins und darauf wurde zuerst immer ausführlich herumgekaut. Witzig war auch, wenn wir das Ganze im Haus machten. Vielleicht nicht wirklich witzig, aber schon ein bisschen lustig, wenn man es sah. Wenn Buddy nämlich im Haus einem Ball nach rannte, dann unterschätzte er meistens seinen Bremsweg bis zur nächsten Mauer und knallte öfters mal mit ganzer Wucht in eine Wand. Nicht, dass es ihm etwas ausmachte. Hauptsache, er konnte sich den Ball schnappen. Er war ganz schön verspielt. Und verschmust. War er vom Spielen müde, lag er am liebsten auf unserem Sofa, seinen Kopf auf meinem Schoss und ließ sich in den Schlaf streicheln. Es war aber nicht so, dass er das nur mit mir gemacht hätte. Er freute sich immer sehr, wenn wir Besuch bekamen. Je mehr, desto besser, denn dann war was los und es gab viele Hände zum Werfen und Streicheln. Das hat er richtig genossen. Und er war extrem umgänglich. Ob Kleinkind oder Erwachsener, er hatte weder Berührungsängste, noch wurde er einmal aggressiv. Buddy war die Lebensfreude pur. Das mit dem Apportieren von geworfenen Dingen fing er erst an, als er schon ziemlich groß war. Naja, er hat nicht wirklich apportiert. Er holte zum Beispiel ein Holzstöckchen, aber er hat es nicht aus dem Maul gegeben. Entweder zog er es immer wieder weg, wenn man danach greifen wollte und man musste ihm nachjagen, um es zu erwischen. Oder wenn man das Ding einmal zu fassenbekam, ließ er es nicht los, sondern man musste sich mit ihm darum zanken. Ich mit beiden Händen am Holz, er mit dem Maul. Und obwohl wir ziemlich heftig zogen und schüttelten, um den anderen loszubekommen, gab es nie Verletzte. Aber noch lieber als Stöckchen mochte er Tennisbälle. Die hat er wirklich geliebt. Sie flogen weit, sprangen dann manchmal auf und ab und hatten genau die richtige Größe, um genüsslich darauf rumzubeißen. Ich glaube, für ihn muss der Hundehimmel voller Tennisbälle sein.

Zu dieser Zeit, als er ein Halbstarker war, sind wir oft an den See. Hin und wieder an den Wochenenden waren meine Eltern auch dabei, aber meistens gingen nur Buddy und ich. Wir verbrachten ganze Nachmittage nach der Schule dort. Machten Entdeckungstouren oder taten so, als wären wir ganz allein irgendwo in der Wildnis, müssten uns durch den Dschungel schlagen und unseren Weg zurückfinden. Das waren schöne Nachmittage. Selbstverständlich haben wir auch viel mit seinen Tennisbällen gespielt. Buddy zögerte keine Sekunde, sie aus dem See zu fischen. Ich glaube, da waren wir beide uns damals am nächsten. Bis dahin schlief er zudem in meinem Zimmer."

„Siehst du, genau deshalb hätte ich ebenso gern einen Hund gehabt. Ich hätte lieber mit ihm in einem Zimmer geschlafen, als mit meiner Schwester. Das ist doch so süß."

„Tja, irgendwann war das aber vorbei. Irgendwie ist alles anders geworden. Ich weiß gar nicht so genau, wie das passiert ist. Buddy war etwa ein bis zwei Jahre alt, also ein erwachsener Hund, und alles veränderte sich. Ich verbrachte nicht mehr so viel Zeit mit ihm. Musste mehr für die Schule machen, spielte lieber Fußball und Videospiele, als Bälle zu werfen, starrte in die Glotze und statt zum See zu gehen, hing ich mit Schulfreunden rum, bis meine Eltern nach Hause kamen. Und Buddy war ja zudem nicht mehr klein und drollig, sondern ein stattlicher Hund, der mittlerweile fast mehr Kraft in seinem Kiefer hatte, als ich in meinem ganzen Körper. Meine Eltern wollten auch nicht mehr, dass er auf dem Sofa liegt, weil er so lange Haare hatte. Es ging eine ganze Weile, bis er verstand, dass er nicht mehr drauf durfte. Vater gewöhnte es ihm schließlich mit der Zeitung ab. Er schlug Buddy nicht stark damit, aber es wirkte. Später bekam er dann seine eigene Hundehütte im Garten, was bedeutete, dass er nicht mehr in meinem Zimmer schlafen durfte. Ich glaube, er übernachtete zunächst Wochen vor der Haustür und wartete darauf, dass wir ihn wieder ins Haus ließen. In den ersten Tagen heulte er draußen noch und bellte manchmal. Meine Eltern sperrten Buddy dann ein paar Nächte in den Keller, um die Nachbarn nicht zu stören. Danach war er ruhig, wenn er nachts ausgesperrt wurde. Und schließlich fand er sich doch mit seiner Hundehütte ab. Das Lustige war allerdings, das Buddy all sein Spielzeug, vor allem seine Tennisbälle, in der Hütte einlagerte und er selbst meistens vor der Hütteschlief. Ich muss zugeben, wir haben uns zu dieser Zeit nicht mehr allzu sehr mit ihm abgegeben. Er war sozusagen zu einem typischen Familienmitglied geworden. Keine Sonderbehandlung und spezielle Aufmerksamkeit mehr. Nur noch einer, wie wir alle. Weil niemand mehr so richtig mit ihm spazieren gehen wollte, fing mein Vater an, Buddy mit auf die Jagd zu nehmen. So kam er wenigstens ab und zu richtig raus. Irgendwie schaffte es mein Vater, ihm beizubringen, wie man Enten aufscheucht, Tiere aufspürt und sie aus ihren Verstecken treibt. Zumindest erzählte er das. Ich glaube nicht, dass Buddy Gefallen daran hatte. Meistens verkroch er sich nach einem Jagdausflug immer ganz schnell in seiner Hütte. Vater versuchte auch, ihn zu einem Wachhund abzurichten. Er wollte, dass er alles anbellte, was fremd war. Aber er konnte Buddy mit weniger Essen bestrafen, ihn beschimpfen oder ihm Schläge androhen, da ging gar nichts. Er war einfach ein guter Hund und angebellt hat er nur die Zeitung oder den Stock in der Hand meines Vaters. Der gab das Vorhaben dann schnell wieder auf. Trotzdem veränderte sich Buddy. Ich meine, es muss einen ja verändern, wenn nichts mehr so ist, wie es sein sollte. Die meiste Zeit verbrachte er damals alleine im Garten. Wenn ich daran zurückdenke, dann sehe ich ihn immer vor seiner Hütte liegen und auf einem seiner Tennisbälle rumbeißen. Er hat praktisch nichts anderes mehr gemacht. Ich glaube, er schlief manchmal sogar mit einem davon, zwischen seinen Pfoten haltend. Himmel, er liebte diese Bälle. Vielleicht ließen sie ihn davon träumen, wie es war, hinter einem Ball herzurennen oder einen aus dem See zu holen."

Alex verstummte. Schweigend gingen sie ein paar Schritte nebeneinander her, dann atmete er tief ein und wieder aus. Jasmin nahm seine Hand. Er erschrak ein bisschen und sah sie an. Sie nickte ihm aufmunternd zu. Ein kurzes schwaches Lächeln streifte sein Gesicht.

„An irgendeinem Tag, wahrscheinlich war mir gerade langweilig, wollte ich mal wieder mit Buddy spielen. Stöckchen werfen und so. Wie früher halt. Ich bin also mit einem Holzstock in den Garten gegangen und wollte zu ihm. Er lag vor seiner Hütte und biss auf einem Tennisball herum. Er sah mich von weitem kommen. Als ich nur noch ein paar Schritte entfernt war, sprang er auf. Ich schenkte dem keine Beachtung. Dachte er freut sich, mich zu sehen und darauf, mit mir zu spielen. Ich bin also ganz zu ihm hingegangen und streckte meine Hand aus, um ihn zu streicheln. Und dann ging alles ganz schnell: Buddy machte einen Schritt auf mich zu und schnappte nach meiner Hand."

„Huh, er hat dich gebissen?"

„Nein, er hat mich nicht gebissen. Er hat nur geschnappt. Ich habe mich natürlich erschrocken und zog sofort meinen Arm zurück. Ich glaube, ich lief auch gleich weinend zurück ins Haus. Aber das war nur der Schock. Er hatte mich nicht gebissen. Buddy hätte mich nie ernsthaft verletzt. Er schnappte nur nach mir. Man sah ein paar Abdrücke seiner Zähne auf meiner Hand, aber es blutete nicht. Ich hatte nicht einmal richtige Kratzer abbekommen. Mir wurde erst sehr viel später klar, warum er das getan hatte: Ich hatte einen Stock dabei."

„Er hatte Angst davor."

„Genau. Er hatte Angst. Oder zumindest wusste er nicht, was er jetzt tun sollte. Er hatte mich ja nicht gebissen, sondern nur geschnappt. Buddy machte das nicht mit böser Absicht. Ich bin mir sicher, er hätte noch so gern wieder mit mir gespielt, aber er wusste ja nicht, was ich wollte. Es war schon lange her, seit ich mich um ihn gekümmert und das letzte Mal mit ihm gespielt hatte. Und den Holzstock in meiner Hand verband er wahrscheinlich mit vielem, aber sicher nicht mehr mit freudigem Spielen. Damals war mir das alles natürlich nicht so bewusst. Und als ich es dann meinen Eltern erzählte, war sofort allen klar, dass Buddy gefährlich war und etwas geschehen musste. Und was haben wir gemacht?"

Jasmin schaute ihn entsetzt und fragend zugleich an.

„Nicht gleich erschossen, nein, falls du das fragen wolltest. Vielleicht hatte mein Vater da schon die Idee, aber stattdessen wurde beschlossen, nochmals zu versuchen, Buddy zu ‚resozialisieren'. Im Garten ließen wir einen Eisenkäfig um seine Hütte bauen und sperrten ihn da ein. Der Käfig war etwa so groß wie jene in einem Tierheim."

Jasmin war vor einer Holzbank auf einer kleinen Anhöhe im hintersten Teil des Friedhofes stehen geblieben. Sie setzten sich. Von hier aus konnten sie den ganzen Garten, mit all seinen Kreuzen und Steinen, bis hin zur Kirche überblicken. Weit entfernt schaufelten zwei Männer das Grab von Alex' Vater zu.

„Der Käfig machte dann alles noch schlimmer. Wir nahmen ihm auch sein Spielzeug weg - weil wir dachten, er freue sich so mehr, wenn jemand von uns zu ihm käme und mit ihm spielen oder einfach mit ihm plaudern würde. Aber bis auf die ersten paar Tage nahm sich niemand wirklich viel Zeit für ihn. Außer beim Füttern bekam er selten jemanden zu Gesicht. Wahrscheinlich vermisste Buddy seine Tennisbälle sowieso mehr, als uns. Kam dazu, dass er eingesperrt zu sein nur als Strafe kannte. Zuerst der Keller, dann der Käfig. Da hätten sowieso alle guten Absichten und Zuwendung nichts geholfen. Aber ehrlich gesagt, ... auch jetzt im Nachhinein, ich weiß noch immer nicht, was man hätte machen sollen. Er war nicht mehr der verspielte, lebensfreudige, unbeschwerte Hund von früher. Wir hatten ihn mit unserem Verhalten so erschlagen und in die Enge gedrängt, dass er sich vorkommen musste, als wäre er in eine andere Welt verstoßen worden. Und ich habe keine Ahnung, wie man ihn von da hätte zurückholen können. Vielleicht hätten wir ihn einfach frei lassen sollen. Aber wer weiß, was dann aus ihm geworden wäre. Auf jeden Fall schlief oder lag er in seinem Käfig herum. Mehr Zutrauen gewann er nicht wieder. Im Gegenteil, er wurde immer nervöser, wenn jemand vorbeikam, um nach ihm zu sehen oder ihn zu füttern. Ich glaube, Buddy merkte selbst, dass er sich verändert hatte. Er wusste genau, dass er nie mehr so freudig wie früher hinter Tennisbällen nachrennen konnte, selbst wenn er es im Grunde noch so gerne gewollt hätte. Das machte es für ihn wahrscheinlich noch schlimmer und er war dabei, sein ganzes Wesen von früher zu verlieren. Das war ein Kampf, den er nicht gewinnen konnte."

„Ohne dich oder Buddy kränken zu wollen, aber kann es sein, dass du gerade etwas überdramatisierst?"

„Gut, vielleicht merkte und wusste er es auch nicht. Er war nur ein Hund. Aber er war ganz schön clever und für mich wird es immer so sein, dass Buddy selbst einen Weg fand, diesen Kampf wenigstens nicht zu verlieren: Eines Tages nämlich, als mein Vater mit einem schönen Stück Fleisch zu ihm in den Käfig ging, hat Buddy ihn angesprungen und in den Arm gebissen. Aber richtig gebissen. Vater musste in die Notaufnahme und genäht werden. Als er wieder nach Hause kam, nahm er sein Jagdgewehr und erschoss Buddy. Ich habe es nicht gesehen, sie schickten mich in mein Zimmer. Ich sah auch den toten Buddy nicht. Sie schafften ihn weg, bevor ich wieder zum Käfig durfte. Alles was noch drin war, war das Stück Fleisch. Buddy hatte es nicht angerührt, nachdem er zugebissen hatte. Als wusste er, was passieren würde. Als hätte er es gewollt. Er war nicht böse. Buddy war ein guter Hund. Es ist einfach alles ein bisschen schiefgelaufen. Nicht, dass ich schuldlos daran wäre, aber ..."

„Alexander, du warst noch ein Kind. Was hättest du denn tun sollen? Buddy mochte dich. Sonst hätte er dich gebissen."

„Ich hätte mehr Zeit mit ihm verbringen können. Für ihn Tennisbälle durch die Luft und in den See werfen können. Ihm die Jagd und den Keller ersparen können. Im Nachhinein ist man immer schlauer. Aber manchmal gibt es eben kein Nachhinein, keine zweite Chance."

Jasmin legte ihren Arm um Alex. Sie küsste ihn auf seine Wange und legte sanft ihren Kopf an seine Schulter. Sie sahen zu, wie die

Männer das Grab fertig zuschaufelten und weggingen. Der Garten war jetzt ganz still und friedlich.

„Vermisst du ihn?"

„Sehr. Er war ein toller Hund."

„Deinen Vater."

„Oh. Hm. Weiß nicht. Glaube nicht....... vielleicht einfach noch nicht."

Jasmin stand auf. „Komm, lass' uns zurückgehen."

Als Alex aufstand, hakte sie sich bei ihm ein und sie spazierten los.

„Hast du deiner Mutter wirklich gesagt, dass wir uns nicht mehr sehen?"

„Ja. Ich sagte ihr auch, dass ich es versaut habe."

„Darum geht es nicht. Ist unsere Beziehung für dich aus und vorbei?"

„Ich habe dich betrogen, Jasmin. Ich habe unsere Beziehung kaputt gemacht."

Sie blieb stehen und bückte sich, um ihre Schuhe zu binden. Als sie sich wieder aufrichtete, fixierte sie Alex entschlossen.

„Triffst du dich noch mit der anderen Frau?"

Alex antwortete hastig: „Nein, natürlich nicht. Schon lange nicht mehr."

Jasmins Gesichtsausdruck veränderte sich nicht. Sie sah ihm immer noch fest in die Augen: „Möchtest du mich denn auch nicht mehr sehen?"

Alex war überrascht.

„Selbstverständlich möchte ich dich noch sehen. Aber ich habe dich betrogen. Und du hast mich weggeschickt."

„Also, dass ich dich an dem Abend nicht mehr sehen wollte, ist wohl nicht so schwer zu verstehen, oder?"

„Wolltest du mich denn danach je wieder sehen Jasmin? Ich meine, auch wenn mein Vater nicht gestorben wäre?"

„Selbst wenn nicht, Alexander. Ist es dir denn nie in den Sinn gekommen, überhaupt einmal bei mir nachzufragen? Oder dich einfach mal zu melden? Wenn ich dir doch noch etwas bedeute, wenigstens zu versuchen, um mich zu kämpfen?"

„Ich wusste nicht ... ich habe mich geschämt und du hast geweint ... ich..."

Alex verstummte. Er setzte mehrmals dazu an, ihr etwas zu sagen, aber fand keine Worte.

„Hör zu, Alexander. Du hattest heute einen schweren Tag und das ist nicht die Zeit und der Ort, um über uns zu sprechen. Ich würde es gern noch einmal mit dir versuchen. Aber du musst es dir verdienen. Du musst etwas dafür tun. Du hast mich sehr verletzt und Einiges zu erklären und wieder gut zu machen."

Alex nickte. Seine Lippen formten das Wort ‚Dankeschön', aber er brachte keinen Ton heraus. Er versuchte, den Kloß in seinem Hals herunter zu schlucken, aber dieser war zu groß. Etwas hilflos sah Alex Jasmin an. Schließlich hakte sie sich wieder bei ihm ein und sie gingen weiter. Nach ein paar Schritten hatte sich Alex' Kloß im Hals wieder gelöst.

„Ich kann dich nach Hause fahren, wenn du möchtest. Vielleicht können wir noch was Essen gehen."

„Nein, danke. Meine Eltern warten bei der Kirche auf mich. Außerdem solltest du den heutigen Abend mit deiner Mutter verbringen."

„Es wären wirklich keine Umstände."

„Du darfst mich Morgen zum Essen einladen, Alexander."

„Gut. Ich werde dich um sieben abholen."

Sie gingen zurück zur Kirche. Der Wind hatte sich mittlerweile ganz gelegt. Die Sonne stand knapp über dem Horizont. Wunderschönes Abendrot zierte den Himmel.

Auf der Wegkreuzung zum Parkplatz verabschiedeten sie sich voneinander.

„Übrigens, Jasmin, ich habe über das nachgedacht, was wir mit deinen Eltern diskutierten."

„Kinder?"

„Nein. Das Andere. Über den Herrn und so."

„Hm, ok. Und?"

„Weißt du, was Ameisenfarmen sind?"

„Diese kleinen Kästen mit einer Glasscheibe hinten und vorne, in die man Sand und Ameisen füllt?"

„Ja, genau. Ich habe mal in der Schule so eine gebaut. Ich denke, wenn es irgendein Wesen über uns gibt, oder wie immer du das nennen willst, dann sind wir seine Ameisenfarm."

„Du denkst, wir sind winzig klein und bedeutungslos?"

„Ameisen sind nicht bedeutungslos, nur weil sie kleiner sind als wir."

„Du weißt, was ich meine."

„Bin mir nicht sicher. Aber auf jeden Fall baut man sich eine solche Farm und dann stellt man sie irgendwo auf. Anfangs findet man das Treiben darin noch spannend. Man beobachtet, was so abgeht, staunt und wundert sich darüber. Bestenfalls stellt man sie dann irgendwo zur Dekoration auf. Irgendwann lässt man aber Ameisen Ameisen sein und widmet sich anderen Dingen."

„Hast du deine Farm noch?"

„Nein. Wüsste zumindest nicht mehr, wo sie ist. Wahrscheinlich warf meine Mutter sie irgendwann weg. Alle Ameisenfarmen werden früher oder später weggeworfen."

„Du denkst, wir sind weggeworfen worden?"

„Wer weiß. Aber Kopf hoch. Nur weil Ameisenfarmen weggeworfen werden, heißt das noch lange nicht, dass sie es dann nicht fertig bringen, auf einer Müllkippe eine riesige blühende Kolonie zu gründen."

„Weißt du, Alexander, ein Hauch Ehrfurcht und eine Spur Demut vor dem Leben würden dir schon gut tun. Und ein bisschen mehr Vertrauen in die Menschen würde dir auch nicht schaden."

Alex schien von den Leuten bei der Kirche abgelenkt zu werden. Er schaute in ihre Richtung und nickte abwesend. Sein Blick wanderte schnell weiter in den Abendhimmel. Kurz darauf, als hätte er mit seinen Augen einen Gedanken da oben eingefangen und wollte ihn nun bei sich hier unten festhalten, starrte er auf den Boden. Schließlich hob er seinen Kopf wieder und sah Jasmin an.

„Es tut mir leid, Jasmin. Es tut mir wirklich von ganzem Herzen leid, dass ich dir das angetan habe."

„Ich weiß."

Sie küsste ihn auf die Wange und wollte davongehen. Alex hielt sie am Arm zurück.

„Soll ich dich wirklich nicht mitnehmen?"

„Nein. Sei morgen einfach pünktlich."

6

Alex parkte viel zu früh in der Nähe von Jasmins Wohnung. Er wollte auf jeden Fall pünktlich sein. Außerdem brauchte er Zeit, um nach den richtigen Worten zu suchen. Die vergangene halbe Nacht und den ganzen Tag lang hatte er sich überlegt, was er ihr alles sagen wollte. Und vor allem, wie er es ihr sagen wollte. Viel Brauchbares war bis jetzt nicht dabei herausgekommen. Genau genommen, hatte er wochenlang Zeit gehabt, sich zu überlegen, was er mit Jasmin besprechen wollte. Wenn er ganz ehrlich mit sich selbst war, wusste er genau: Nicht weil er dachte, sie wollte das nicht mehr, ging er nach seinem Geständnis nie bei ihr vorbei oder rief sie an. Der Grund war einfach, dass es stattdessen einfacher für ihn war. Hätte sie ihm nichts bedeutet, hätte er ihr etwas vorlügen können. Er hätte ihr wahrscheinlich die Affäre gar nicht erst gebeichtet. Es wäre leichter und einfacher für ihn, Jasmin aufzugeben, als diesen Abend mit ihr durchstehen zu müssen. Dennoch wollte er sie nicht aufgeben. Oder besser gesagt, er wollte nicht, dass sie ihn aufgab. Alex wusste einfach nicht, wie er sich mit dieser Situation, mit Jasmin, jetzt zurechtfinden sollte. Sie war von Anfang an eine Überforderung für ihn gewesen. Und gleichzeitig so etwas Wunderbares. Es war vor etwas mehr als einem Jahr, als sie sich zum ersten Mal trafen. Jasmin hatte ihn vom ersten Moment an verunsichert und verwirrt.

Es war ein Sommerabend vor über einem Jahr. Alex arbeitete als Pizzakurier. Der Tag war lang gewesen und eine schwüle Abenddämmerung hatte sich auf die Stadt gelegt. Alex hielt ein paar heiße Pizzaschachteln auf seinem angewinkelten Unterarm und stand schwitzend mitten auf dem Gehweg. Rund um ihn herum drängten sich die Menschen an ihm vorbei. Alle waren sie müde und wollten möglichst schnell nach Hause. Sie schubsten ihn aus dem Weg oder fluchten ihn an, wenn der Menschenstrom zu dicht war, um ihn umfließen zu können. Es war Alex egal. Er war müde. Und die schwüle Wärme drückte ihn scheinbar tonnenschwer auf den Boden. Mühsam kramte er erneut den Lieferschein aus seiner Hosentasche, las die Adresse und schaute zum wiederholten Mal die dreckige Fassade eines Hauses empor. Wieder die falsche Hausnummer und die falsche Straße. Alex schüttelte den Kopf und schaute trotzdem nochmals zu den Fenstern des Hauses hinauf. Als ob er jetzt die Pizzen einfach irgendjemandem ausliefern wollte. Die garantierte Lieferzeit konnte er sowieso nicht mehr einhalten. Sein Chef würde ihn zusammenstauchen, die Ware würde ihm vom Gehalt abgezogen werden. Er würde vielleicht sogar seinen Job verlieren. Also hatte das alles scheinbar doch etwas Gutes.

„Du siehst verloren aus."

„Und du wunderschön". Zumindest hätte er das damals zu Jasmin sagen sollen. Es kam ihm Nächte später in den Sinn, als er die Szene wieder und wieder Revue passieren ließ. Und es verfolgte ihn noch heute. So hätte er wenigstens einen schlagfertigen und halbwegs ebenbürtigen Eindruck auf sie gemacht.

Stattdessen hatte er sich in die Richtung gedreht, woher die Stimme gekommen war, und Jasmin, die da einfach in Mitten der Menschen stehengeblieben war und ihn anlächelte, nur stumm und verwundert angestarrt.

Sie war wunderschön. Wie sie so da stand, seelenruhig mitten im Gedränge um sie herum, und ihn anlächelte.

Alex konnte sich beim besten Willen nicht mehr daran erinnern, was sie damals trug. Auch wenn Jasmin ihm im Nachhinein mindestens hundert Mal erzählte, dass sie direkt vom Krankenhaus ganz in der Nähe gekommen war, wo sie als Kinderärztin arbeitete, und noch immer ihre Arbeitsklamotten trug. Er erinnerte sich nur noch, dass sie wunderschön gewesen war und gelächelt hatte.

„Wonach suchst du?" fragte ihn Jasmin damals.

Alex starrte sie immer noch einfach nur an. Er hörte sehr wohl ihre Stimme, aber es schien, als würden ihre Worte nicht bis zu ihm durchdringen.

„Welche Adresse suchst du?" fragte sie erneut und deutete mit ihrem Finger auf den Zettel in seiner Hand.

Jetzt reagierte Alex. „Woher weißt du, dass ich nach einer Adresse suche?", fragte er erstaunt zurück.

Jasmins Lächeln wurde nun zu einem sanften Lachen. „Naja, auf deinem T-Shirt steht ‚Pizza-Blitz', du hälst drei Schachteln Pizzen auf deinem Arm und scheinst Hausnummern zu prüfen. Da nahm ich an, du suchst eine Adresse, um deine Lieferung loszuwerden. Oder nicht?"

Alex' Gesicht lief rot an. „Ja, natürlich. Doch. Ich liefere aus. Versuche es zumindest".

Jasmin nickte und lächelte immer noch. Dieses freundliche, ehrliche und wunderschöne Lächeln. Sie lachte ihn nicht aus, sie lächelte nicht mitleidig, sie war nicht schadenfreudig oder genervt, sie lächelte einfach wunderschön. Pur. Rein. Wie immer man das nennen wollte. Wunderschön.

„Darf ich?", sie nahm ihm den Zettel aus der Hand. Von da an war Alex bis zur Auslieferung nur noch Jasmins Begleitung. Sie wusste zwar auch nicht sofort, wo diese Adresse war, also stellte sie sich einfach einem Passanten nach dem anderen in den Weg, bis sie die notwendigen Auskünfte erhielt. Alex war beeindruckt und verlegen zugleich.

Im Nachhinein erzählte Jasmin ihm, wie sehr ER sie bei dieser Begegnung beeindruckt hatte. Oder vielmehr nicht wie sehr, sondern welchen Eindruck er auf sie gemacht hatte. Sie hatte Alex offenbar damals schon vom Fenster ihres Sprechzimmers im

Krankenhaus beobachten können. Nachdem er mehrmals aus ihrem Sichtfeld verschwand, aber immer wieder zurückzukehren schien, konnte sie gar nicht mehr anders, als ihm zuzusehen. All die Leute, die da um ihn herumdrängten und drückten und Alex in ihrer Mitte: Einfach dastehend, in die Luft schauend, wieder und wieder in alle unberechenbaren Richtungen wegehend und zurückkommend, sich anscheinend überhaupt nicht darum scherend, dass er sich wider allen Passantenströmen verhielt und es nicht einmal zu merken schien, wenn die anderen ihn anrempelten oder anfluchten. Er sei so süß gewesen. So nicht dahin gehörend. Aber trotzdem so entschlossen, das zu machen, was er vorhatte. Und gleichzeitig irgendwie verloren, fast ein bisschen hilflos. Sie fand das offensichtlich unglaublich beeindruckend. Alex wusste nie so recht, was er davon halten sollte. Am ehesten war er darüber verwirrt und verunsichert.

Genauso wie heute Abend.

Es wurde Zeit, sie abzuholen. Alex' Magen fühlte sich flau an und sein ganzer Körper schien plötzlich in sich selbst zusammengefallen. Wenn er einfach hier sitzen bliebe und sich nicht bewegen würde, vielleicht würde das dann alles an ihm vorbeigehen.
Feigling.
Schließlich gab er sich einen Ruck und stieg aus dem Auto. Alex wusste, dass er sie unbedingt sehen wollte. Er ging zu ihrem Eingang und klingelte bei Jasmin. Als er hörte, wie sie von innen die Tür aufschloss und sich die Klinke nach unten bewegte, wünschte er sich nochmals, er wäre vorhin einfach wieder weggefahren. Hinaus zum See. Da könnte er sich in seinen zukünftigen Garten legen und warten, bis die Sterne herauskommen.

„Hallo, Alexander, schön dich zu sehen." Jasmin küsste ihn auf die Wangen.

Alex nickte etwas verlegen und abwesend. Er sah sie einen Moment lang an. Sie stand da und lächelte ihn an. Wunderschön.

„Sollen wir?" fragte Jasmin und hakte sich dabei bei Alex ein. Sie gingen zusammen zum Auto und fuhren los.

Jasmin war gut gelaunt und plauderte munter vor sich her. Sie schien vorzuhaben, ihm alles zu erzählen, was er in den vergangenen Wochen in ihrem Leben verpasst hatte. Alex war zunächst sehr erleichtert darüber. So lange sie berichtete, musste er zum einen selbst nicht viel sagen und zum anderen schien auch Jasmin keinen Bedarf zu haben, ihren Beziehungsstatus durch zu diskutieren. Vielleicht war sie auch dafür, einfach weiter zu gehen und Vergangenes vergangen sein zu lassen. Er entspannte sich immer mehr. Ihr Parfüm hatte sich mittlerweile im ganzen Auto verbreitet. Es roch fantastisch. Jasmin brachte ihn unterdessen auf den neuesten Stand betreffend ihre Eltern, ihrer Arbeit im Krankenhaus und zu dem kleinen Buchladen, den sie letztens entdeckte und in den sie unbedingt einmal zusammengehen mussten. Alex nickte hin und wieder mit dem Kopf und fragte gelegentlich an gewissen Stellen nach Details. Nicht, dass sie ihn wirklich interessierten, aber er fühlte sich jetzt richtig wohl und wollte, dass Jasmin weitererzählte. Es war schön, wenn sie so plauderte. Ihre Stimme war dabei wie eine sanfte Welle, die in seine Ohren schwappte und langsam und sanft sein Gehirn in diesen gemütlichen Zustand wog. Überhaupt hatte Jasmin die Gabe, ihn fast allein durch ihre körperliche Anwesenheit wie in eine andere Welt zu versetzen. Es fühlte sich so wunderbar angenehm an, endlich wieder in ihrer Nähe zu sein. Es war fast wieder wie in ihrer ersten gemeinsamen Nacht. Um genau zu sein, war es nicht ihre erste gemeinsame Nacht im Sinne von ‚zusammen' schlafen, an die sich Alex so gern erinnerte, sondern die erste Nacht, in der er bei Jasmin übernachtete. Sie hatten sich seit ihrem ersten Zusammentreffen ein paar Mal gesehen. Daran konnte sich Alex nicht mehr richtig erinnern. Es mussten recht unverbindliche Treffen gewesen sein und anders als üblich landete er mit Jasmin nicht so schnell im Bett. Auf jeden Fall hatten sie sich wieder zum Essen verabredet. Alex holte Jasmin zu Hause ab. Weil sie noch nicht fertig war, bat sie ihn herein und er wartete im Wohnzimmer, während sie nochmals im Bad oder Schlafzimmer verschwand. Als sie nach einer Weile wieder ins Wohnzimmer zurückkam, war Alex auf dem Sofa eingeschlafen. Er erinnerte sich nicht mehr an alle Einzelheiten, aber wusste noch genau, dass Jasmin ihn erst aufweckte, nachdem sie etwas gekocht und es auf den Wohnzimmertisch gestellt hatte. Nach dem Essen setzte sie sich zu ihm auf das Sofa und er durfte ihren Schoß als Kissen benutzen. Sie fing dann an, allerlei Dinge zu erzählen, aber Alex war bald wieder eingeschlafen. Er konnte sich beim besten Willen nicht daran erinnern, sich jemals zuvor oder danach so wohlgefühlt zu haben. Das musste das absolute Maß an Geborgenheit sein, was ein Mensch empfinden konnte. Bei Jasmin kam er diesem Gefühl, so wie jetzt, hin und wieder sehr nah.

Allerdings verschwand das Empfinden in diesem Moment und wich langsam, aber unaufhaltsam, einem sehr ernüchternden Gefühl der Scham, das ihn aus der Vergangenheit selbst heute noch immer wieder unglaublich stark einholte. Alex hätte sich gern nur bis hierher und in diesem Umfang an die Nacht von damals erinnert. Die ganze Wahrheit war aber, dass er sich an diesem Tag endgültig mit seinem Boss beim Pizzalieferdienst überworfen und seinen Job hingeschmissen hatte. Weil er darauf nicht wusste, was er bis zum Treffen mit Jasmin tun sollte, rief er seine Eltern bzw. seinen Vater an. Er wusste auch nicht, wieso er das getan hatte. Normalerweise wartete er meistens darauf, bis sie ihn anriefen. Und von da an hielt er sich auch strikt an diesen Vorsatz. Aber damals lag sein Vater gerade wegen seines ersten Herzinfarkts im Krankenhaus und Alex hatte ihn noch nicht besucht. Wie das Schicksal so spielte, war seine Mutter natürlich genau zum Zeitpunkt seines Anrufs auf Besuch bei ihm. Was folgte, waren die üblichen Diskussionen über Lebenswandel und Zukunftspläne. Alex hätte das Telefon einfach auflegen oder sich mit irgendeiner

Ausrede aus dem Gespräch verabschieden können, aber nachdem er anfänglich noch versuchte, sich zu erklären, hörte er sich schließlich die gesamte Leier einfach an. Er war sich nicht einmal mehr sicher, ob er überhaupt erfahren hatte, wie es seinem Vater gerade ging. Besucht hatte er ihn dort nie. Auf jeden Fall war er an diesem Abend ziemlich müde und erschöpft bei Jasmin angekommen. Im Grunde hätte er in seinem Zustand gar nicht zu ihr gehen sollen. Aber die Aussicht sie zu sehen, tröstete ihn. Und er hatte auch vor, ihr alles zu erzählen und ihr Date zu verschieben. Aber als dann alles so wunderbar mit ihr lief, brachte er es nicht fertig, dem Abend zu widerstehen. Es war einfach wunderbar gewesen. Bis er am frühen Morgen auf Jasmins Sofa wieder aufwachte. Er lag nicht mehr auf ihrem Schoß, aber Jasmin hatte ihm ein Kissen unter den Kopf gelegt und ihn mit einer Decke zugedeckt, bevor sie selbst zu Bett gegangen war. Alex erinnerte sich daran, wie nochmals eine Woge dieser warmen Geborgenheit und der Leichtigkeit eines Gefühls des Aufgehobensseins sein Erwachen begleitete. Aber dann war er im nächsten Augenblick, sobald sein Bewusstsein von einem Hauch wacher Frische gestreift wurde, von Fausthieben der Scham hellwach geprügelt und von Schuldgefühlen aus Jasmins Wohnung hinausgepeitscht worden. Nicht nur, dass er sich am Abend zuvor von Jasmin seinen ganzen Frust des Tages wegtrösten und sich bei ihr sein angeschlagenes Ego verwöhnenließ, anstatt sie auszuführen. Er erwähnte auch mit keinem Wort, was wirklich alles passiert war und dass er im Grunde, elterlich bestätigt, ein arbeitsloser Taugenichts ohne Zukunftspläne war. Am besten wäre gewesen, sie hätte ihn gleich rausgeworfen, aber Jasmin war zu allem Überfluss so wunderbar zu ihm gewesen und er hatte es sogar noch genossen. Und dann musste er sich deswegen zusätzlich mitten in der Nacht aus ihrer Wohnung schleichen. Alex hätte in diesem Moment und den nächsten paar Stunden nie gedacht, dass er Jasmin danach nochmal sehen, geschweige denn nochmal von ihr in ihre Welt verführt werden würde.

Aber kaum brachte die Zeit etwas Distanz zwischen ihn und die Vorkommnisse des frühen Morgens, besann er sich anders. Zu schön war die letzte Nacht gewesen, auch wenn sie keinen Sex hatten. Schon wenige Stunden später rief er sie an, behauptete, dass er früh wieder auf der Arbeit erscheinen musste und sie nicht wecken wollte, weil sie letzte Nacht bereits so viel für ihn getan hätte. Er bedankte sich mehrmals bei ihr, entschuldigte sich für den Abend und fragte nach einer Gelegenheit, sich zu revanchieren und das versprochene Nachtessen nachzuholen. Seit diesem Anruf war sich Alex nie ganz sicher, ob Jasmin ein Engel oder er selbst schlicht der Teufel war. Aber sicher war, dass das alles von Anfang an eigentlich viel zu gut für einen wie ihn war.

Sie trafen sich dann am gleichen Tag wieder und wurden ein Paar. Das mit dem Job erzählte er ihr erst später bzw. nur von seinem neuen Job im Sandwichladen, nachdem er diesen erhalten hatte. Und kurz darauf begann er die Affäre mit Nicole.

„Ich hatte Angst!", brach es plötzlich aus Alex heraus. Jasmin schaute ihn verdutzt an.

„Ich hatte Angst, okay?" wiederholte er und bog abrupt in eine kleine Seitenstraße ab, wo er den Wagen am Seitenrand anhielt.

„Ich hatte Angst, Jasmin."

„Hm?" Außer, dass sie nicht verstand, was Alex damit meinte, war sie immer noch dabei, sich von der etwas beängstigenden Wirkung seiner überraschenden verbalen und fahrtechnischen Ausbrüche zu erholen.

„Ich hatte Angst. Deshalb fing ich die Affäre an."

„Okay. Ich wollte zwar bis nach dem Essen mit dem Thema warten, aber wenn du soweit bist, dann auch gut."

„Ich wollte dir nicht wehtun. Ganz sicher nicht ... es ging einfach alles zu schnell ... es war einfach alles .... zu gut. Das hat mir Angst gemacht".

„Es war zu gut, deshalb hast du mit einer anderen geschlafen?"

„Ja. Nein. Doch. Irgendwie. Es hat mir einfach Angst gemacht."

„Was genau hat dir Angst gemacht?"

„Weißt du, ich wäre auch gern vom Gefühl durchdrungen, dass es mehr gibt, als das, was mir mein Verstand erzählt. Ich möchte auch durch und durch davon überzeugt sein, dass Liebe viel mehr ist, als eine biochemische Reaktion. Ich möchte ebenso sicher sein, dass alles hier irgendwie Sinn macht und es Großartiges zu vollbringen gibt auf Erden."

„Und?"

„Ich weiß nicht wie."

„Und da hast du dir gedacht, eine Affäre hilft dir dabei?"

„Nein. Nein. Natürlich nicht."

Alex schaute aus dem Seitenfenster, als hoffte er, er bekäme von da draußen Hilfe, um seine Gedanken klarer zu fassen und zu formulieren. Jasmin wartete geduldig, bis er sie wieder ansah.

„Es war vielleicht Angst, zu versagen oder dich zu enttäuschen."

„Naja, diese Angst scheint berechtigt gewesen zu sein. Enttäuscht hast du mich sehr."

„Ich weiß. Aber ich habe nicht das gemeint."

„Was dann?"

„Du bist so anders, als alle, die ich bisher im Leben kannte. Deine Familie ist anders. Alles mit dir und um dich herum ist anders."

„Jeder Mensch ist anders, wenn du so willst."

„Schon, ja. Aber.."

„Aber was?"

Wieder machte Alex eine Pause und wandte seinen Blick von Jasmin ab. Stattdessen konzentrierte er sich auf das Lenkrad vor ihm. Nervös klopfte er mit den Fingerkuppen auf das Kunstleder. Mehrmals schüttelte er ansatzweise den Kopf, als ob er mit sich ringen müsste, zu sagen oder nicht zu sagen, was ihm auf der Zunge lag. Schließlich holte er tief Luft.

„Deine Art verliebt zu sein. Wie du mich ansiehst. Wie du das Leben ... ansiehst. Es hat mir Angst gemacht."

„Ich verstehe es immer noch nicht."

„Du bist so ein wunderbarer Mensch. Und immer wenn ich bei dir bin, habe ich das Gefühl auch ein guter Mensch zu sein. Du gibst mir das Gefühl, ein guter Mensch zu sein."

Tränen füllten seine Augen. Jasmin sah es und wartete einen Moment.

„Und?"

„Und? Jasmin, das bin ich nicht! Ich bin nicht so wie du. Nicht annähernd so wie du. Ich komme damit nicht zurecht. Du bist das Beste, was mir je passiert ist, aber ich komme damit nicht zurecht."

„Es hätte sicher bessere Wege gegeben, damit umzugehen, als eine Affäre zu haben. Du hättest einfach mit mir reden können, so wie jetzt. Dummer Junge."

Alex starrte vor sich ins Leere. „Ich weiß. Es tut mir leid. Ich wäre es gern, aber ich bin einfach nicht gut genug für dich."

Jasmin riss ihre Augen weit auf. Sie schnappte nach Luft und schien ihn anschreien zu wollen, aber ihre Gedanken überschlugen sich so chaotisch, dass sie für ein paar Momente gar nichts sagte. Sie wartete, bis sie sich wieder etwas beruhigt hatte.

„ Glaubst du wirklich, wenn ich nicht mindestens gleichviel von dir halten würde, wie du von mir, dass ich dann mit dir zusammen sein wollte?! Du bist ein guter Mensch! Du kannst es manchmal sehr gut verstecken, aber tief in dir drinnen steckt der beste Mensch, den ich je kennenlernte. Dummer Junge! Wie kannst du nur so denken?! Wie kannst du nur so empfinden? Was hast du dir da einprügeln lassen? Sieh mich an!".

„Jasmin, ich wollte dir nicht wehtun. Ganz bestimmt wollte ich das nicht. Es war eine Kurzschlussreaktion. Es war ein dummer, großer Fehler. Und es tut mir von ganzem Herzen leid. Ich möchte mich hiermit bei dir entschuldigen und hoffe, dass du mir verzeihen kannst."

Jasmin forschte in seinen Augen. Mitleid, Wut, Erstaunen, Ratlosigkeit, Gerührtheit, alle möglichen Gefühle wechselten sich in ihr ab. Seine Augen waren und blieben stattdessen ängstlich. Aber sie hielten ihrem Blick stand. So verloren und doch so entschlossen. Schließlich fühlte sie, wie Milde ihren Zorn besänftigte und eine sanfte Flut tiefster Zuneigung in ihr aufstieg.

„So ein Verhalten werde ich nicht noch einmal dulden. Und ich will nie wieder hören, du seist kein guter Mensch oder nicht gut genug für mich, klar?"

„Klar."

„Du musst halt mit mir reden, wenn dir etwas nicht passt oder du dich nicht wohl fühlst."

„ Ich werde mich bessern, ich verspreche es."

„Hast du denn jetzt keine Angst mehr?"

„Ich habe noch fürchterliche Angst. Aber ich habe noch mehr Angst davor, dich zu verlieren."

„Dann lass' uns ab jetzt daran arbeiten. Zeig mir, dass du es ernst meinst und das ich deine Zukunft bin."

„Ich werde alles dafür tun, versprochen."

„Ich meine, zeige es mir gleich jetzt."

„Ich verstehe nicht ... gleich hier im Auto?"

Jasmin konnte sich ein Lachen nicht verkneifen.

„Tststs, vielleicht bis du wirklich noch kein so guter Mensch; an was hast du wieder gedacht? Guck' nicht so verstört ... ich veralbere dich nur ein wenig. Was ich meinte, war, nimm deine Arbeit bei der Bank wieder auf und mach' deine Ausbildung fertig."

Jetzt war Alex erst recht verwirrt. Er verstand nicht, was das eine mit dem anderen zu tun haben sollte. Aber er wollte das jetzt ganz sicher nicht mit ihr diskutieren.

„Ich werde gleich am Montag anrufen und fragen, ob das geht".

„Siehst du, du bist doch ein guter Mensch. Und jetzt küss' mich endlich."

Schließlich kamen sie dann doch noch zum Essen. Nicht zur Feier der Versöhnung, wie Jasmin betonte, sondern zu Feier des Anfangs ihrer Zukunft stießen sie mit Champagner an.

Alex mochte keinen Champagner, aber wollte den Start ihrer Zukunft nicht gefährden. Nach dem Anstoßen wechselte er deshalb nicht gerade zu Bier, aber zu Rotwein. Zur Feier seines bevorstehenden, neuen alten Jobs gönnte er sich reichlich davon.

Nach der Vorspeise hakte Jasmin mit ihrem Erzähleifer wieder da ein, wo sie im Auto durch Alex unterbrochen worden war. Sie redete und er hörte zu, wie in alten Zeiten. Ihre Stimme und der Wein sorgten schnell dafür, dass Alex zurück in dieses warme Wohlgefühl und langsam weg von absoluten Sinnesschärfen getragen wurde. Eine angenehme Schwere befiel ihn wie eine schleichende Erlösung. Er sah Jasmin an. Sie hatte wunderschöne Augen. Und zarte Lippen. Warm und weich. Er wusste, wie sie sich anfühlten, wenn man sie berührte. Sie bewegten sich, aber ihre Stimme, die ihren Weg über sie hinaus suchte, verschwand irgendwo im Hintergrund. Worte wurden zu Geräuschen. Die Lichter im Restaurant zu Gedankenbildern. Alex stand am See vor seinem Haus. Jemand winkte ihm aus dem Garten zu. Er ging näher. Jetzt konnte er erkennen, dass es eine Frau war. Sie winkte und rief ihm etwas zu. Jetzt verstand er, dass sie seinen Namen rief. Er wollte auch in den Garten gehen, aber plötzlich saß er wieder am Tisch im Restaurant und sah in Jasmins fragende Augen. „Alexander, der Kellner fragt, ob wir noch etwas wollen?".

Jetzt erst realisierte Alex, dass neben ihm am Tisch der Kellner stand und ihn anschaute.

„Was meinst du, noch was Süßes zum Abschluss?", fragte Jasmin.

„Ja, warum nicht. Etwas Süßes für meine Süße."

Nach dem Dessert fuhren sie mit einem Taxi zu Jasmin nach Hause. Alex holte sein Auto am nächsten Tag ab und fuhr auf dem Rückweg zu Jasmin noch kurz bei seiner Wohnung vorbei, um ein paar Kleider und eine Zahnbürste zu holen. Sie hatte sich gewünscht, dass er ein paar Nächte bei ihr bleibt.

Die Stelle bei der Bank bekam Alex einfach wieder. Er vermutete, es hatte sicher etwas mit dem kürzlichen Tod seines Vaters zu tun. Aber das kümmerte ihn weniger, als er anfangs befürchtete. Ihm war es wichtiger, dass er Jasmin nicht wieder enttäuschte und ihr schnell zeigen konnte, wie ernst er es mit ihr meinte. Er hasste es, anstatt Jeans und T-Shirt wieder Anzüge tragen zu müssen. Aber wenn er morgens aus der Wohnung ging, konnte er ihr ansehen, wie stolz sie auf ihn war und wie sehr sie sich freute. Sicher würde er sich irgendwann auch daran gewöhnen. Andere taten es auch und wenn Jasmin so viel daran lag, konnte es so falsch und schwer nicht sein. Im Grunde war auch die Arbeit gar nicht so schlecht. Natürlich musste er zunächst noch langweilige Verwaltungs- und Sekretariatsarbeit für andere erledigen, aber man stellte ihm in Aussicht, dass er es - wie sein Vater - in der Bank weit bringen konnte, wenn er dran bliebe. Jasmin war also zufrieden, er verdiente gutes Geld und die Karriereaussichten schienen auch gesichert zu sein. Alles auf dem Weg, wie es sein sollte. Außerdem sicherte ihm Jasmin Unterstützung zu, wenn es einmal hart für ihn werden würde. Sie sagte ihm, dass es nicht immer einfach sein würde und es möglich war, dass es Krisen gäbe, wenn der Alltag zu alltäglich werden würde. Aber sie wäre dann für ihn da und würde ihm helfen, diese Krisen durchzustehen. Er konnte es sich zwar noch nicht so richtig vorstellen, aber vielleicht war das nun endlich der Weg zu seinem Haus am See.

Trotz des gewöhnungsbedürftigen Arbeitsalltags war es eine gute Zeit. Schließlich fühlten sie sich noch einmal wie frisch Verliebte.

Nach der Arbeit konnten sie nicht schnell genug zueinander finden, die Nächte waren sowieso schon viel zu kurz und es gab trotz häufiger Anrufe tagsüber immer noch viel zu erzählen. Naja, Jasmin hatte immer noch viel zu erzählen. Alex hörte hauptsächlich zu und badete in ihrem scheinbar grenzenlosen Enthusiasmus an den Kleinigkeiten des Lebens. Er berichtete manchmal auf Nachfrage von seinen Büromitbenutzern oder von harmlosen Dingen, wie davon, was er zum Mittagessen hatte. Der Rest war miteinander schlafen, küssen und die Welt zu zweit neu entdecken. Jeder Spaziergang um den Block reich an neuen Entdeckungen von Dingen und Eindrücken, die vorher völlig unsichtbar waren. Jeder Ausflug eine Reise der Erfahrungen, die zumindest Alex wie kleine Erleuchtungen durch Mark und Bein fuhren. Jeder gemeinsame Moment einfach zeitlos.

Alex lernte sogar die Einkaufstouren zu schätzen, zu denen Jasmin ihn in diesen Tagen ziemlich einfach überreden konnte. Er kam sogar hinter das Geheimnis, warum es etwas anderes als nur mühsam und zeitverschwenderisch war, lange zu shoppen. Nicht einfach in den erstbesten Laden hineinzugehen, eine Hose in der richtigen Grösse zu nehmen und wenn möglichst ohne Anzuprobieren zu bezahlen und schnell wieder zu verschwinden. Jasmin zeigte ihm stattdessen, wie reizvoll es ist, wenn man kleine Schwarze oder elegante Abendkleider oder Highheels vorgeführt bekam, auch wenn man nichts davon kaufen wollte. In einem Unterwäscheladen wären sie sogar fast einmal wegen anzüglichem Verhalten hinausgeworfen worden. Bei umgekehrter Rollenverteilung hatte er hingegen schon etwas Mühe, den ganzen Reiz auszukosten. Wenn er Jasmin Smokings und viel zu enge Lederhosen vorführen musste, war jeweils eine große Portion Stoizismus seinerseits notwendig, um die Show bis zum Ende, bis zur totalen Begeisterung des Publikums durchzuhalten.

So auch heute, als Jasmin unbedingt neue Hemden für Alex kaufen wollte. Eigentlich holte er seine Hemden immer im gleichen Laden. Er wusste seine Größe, wo die Hemden lagen, es hätte schnell gehen können. Aber Jasmin kannte noch dieses Label und diesen neuen Laden und außerdem hätte es noch wo anders andere, angesagte Farben und Muster geben können. Es war Alex egal, dass es Stunden dauerte. Hauptsache, er konnte jetzt mit den Einkaufstaschen in der einen Hand und einer erschöpften, aber glücklichen Jasmin im anderen Arm durch die sich leerenden Straßen schlendern. Sie diskutierten gerade über die Wahl des Nachtessens, als Jasmin Alex plötzlich konsequent über die Straße zog und mit ihm vor einem Schaufenster stehen blieb. Es war ein Juweliergeschäft, dessen Schaufenster Ringe ausstellte. Jasmin lächelte Alex an.

„Du bist nicht wirklich das erste Mal hier vorbeikommen, oder Sonnenschein?"

„Hm, fast das erste Mal."

„Und, welcher gefällt dir am besten?"

Jasmin deutete auf einen schlichten, aber eleganten Ring in Weißgold, der wie zu einer Blume kulminierte, in deren Blüte ein nicht gerade kleiner, runder, lupenreiner, weißer Diamant im Brillantschliff erstrahlte.

„Ja, ohne Zweifel, wirklich sehr, sehr schön."

„Nicht wahr?"

„Und wirklich sehr, sehr teuer. Wird wohl noch eine ganze Weile dauern, bis ich mir den leisten kann." Alex versuchte Jasmin sanft vom Schaufenster wegzuziehen.

„Aber immerhin hast du jetzt einen guten Grund, um jeden Morgen ins Büro zu fahren."

Er blieb stehen und schaute sie überrascht und etwas ungläubig an. Jasmin musste wegen seiner Reaktion lachen.

„Keine Angst, muss nicht gleich heute oder morgen sein."

Sie streichelte zärtlich seine Wange, zog seinen Kopf zu sich hinunter und küsste ihn. Dann biss sie sanft in sein Ohrläppchen und flüsterte: „Aber du könntest bei mir einziehen."

Knapp zwei Wochen später stand bereits ein Umzugswagen vor Alex' Wohnung. Er hatte vor dem Schaufenster des Juweliergeschäfts lächeln müssen, wie geschickt Jasmin das eingefädelt hatte, wenn es wirklich alles so geplant gewesen war. Und er war die ganzen letzten Tage über amüsiert und fasziniert, wie schnell der Umzug tatsächlich vonstattenging. Jasmin organisierte ihm den Umzugswagen, besorgte Kisten, stellte alle Unterlagen zusammen, die zur Ab- und Anmeldung sämtlicher Dienstleistungen notwendig waren undinformierte Familien sowie Freundeskreis über die anstehende Adressänderung. Auch machte sie es Alex leicht, sich zu freuen, weil sie ihn die ganze Woche von A bis Z verwöhnte, von Abendessen bis Zungenküsse sozusagen. Dabei versicherte sie ihm immer wieder, wie sehr sie sich freute und wie glücklich Alex sie machte. Die ganze Übung hinterließ bei ihm zwar etwas den Eindruck, dass er weniger umzog, sondern vielmehr umgezogen wurde, aber genau genommen war es sowieso nur noch ein formeller Akt. Alex wohnte doch bereits die meiste Zeit bei Jasmin, also konnte er genauso gut ganz offiziell bei ihr einziehen.

Nichtsdestotrotz war es für Alex ein komisches Gefühl, in seiner leeren ehemaligen Wohnung zu stehen und einen Blick in alle Ecken zu werfen. Fast leer. Eine Kiste stand noch als Block vor der offenen Eingangstür zur Wohnung. Es war windig und wenn Fenster und Tür auf waren, zog es. Es war nur eine kleine Einzimmerwohnung mit separater Küche und Bad. Aber es war seine kleine Wohnung gewesen, in der er die letzten Jahre lebte.

Küche und Bad waren 'typisch Mann', wie Jasmin jedes Mal anmerkte, wenn sie hier war. Sehr spartanisch eingerichtet und verfügten nach Standpunkt Frau nicht einmal über das Notwendigste an Einrichtung. Schränke, Teppiche, Körbe, Duschvorhänge, zu viel Geschirr, Haushaltsgeräte etc. All diese Schnickschackdingelchen waren einfach nicht Alex' Fall. Genauso dezent zurückhaltend war seine Ausstattung des Wohn- und Schlafzimmers: ein Bett, ein Herrenständer für seine Anzüge und Hemden, ein paar Kisten für seine übrigen Kleider, ein Sofa, ein kleines Fernsehmöbel für Fernseher und Stereoanlage, ein Tisch mit drei Stühlen. Mehr brauchte er nicht, um sich hier wohlzufühlen. Ganz im Gegensatz zu Jasmin, die Pflanzen, Bilder, Bücherregale, Urlaubsmitbringsel und andere Raumverzierungsobjekte vermisste, oder wie immer sie das nannte. Deswegen hatten sie sich fast nie in seiner Wohnung getroffen. Und deswegen ging auch der Umzug so schnell über die Bühne. Sicher half ebenso, dass sie seine wenigen Möbel allesamt wegwarfen. Da Jasmin eine ‚voll ausgerüstete und eingerichtete' Wohnungbesaß, machte es keinen Sinn, seine Sachen mitzunehmen. Alles, was Alex schlußendlich einpacken und zügeln musste, waren mehr oder weniger seine Kleider. Nichts, wofür man länger als eine halbe Stunde brauchte.

Alex hob die letzte Kiste auf. T-Shirts waren darin. Und oben quer über die Ränder gelegt das Jagdgewehr seines Vaters. Er hatte es unter seinem Bett aufbewahrt. Er hätte es mit den anderen Möbeln entsorgen lassen, aber Jasmin hatte ihm verboten, es wegzuwerfen. Er hörte durch das offene Fenster, wie sie ihn von der Straße unten rief und ignorierte es. So schön die Vorstellung war, ganz mit Jasmin zusammenzuziehen und, wenn man so wollte, ein neues Kapitel oder einen neuen Lebensabschnitt anzufangen, dieser Moment hier fiel Alex doch viel schwerer, als erwartet. Sie rief ihn wieder. Dieses Mal vom Treppenhaus aus. Er schaute sich noch einmal im ganzen Raum um und vergewisserte sich, dass er wirklich nichts vergessen hatte. Jasmin stand mittlerweile in der Eingangstür zu seiner Wohnung. Ihre Blicke trafen sich. Sie lächelte und nickte verständnisvoll. Dann nahm sie ihm die Kiste aus der

Hand und verschwand wieder die Treppe hinunter. Alex holte schließlich einmal tief Luft, schaute sich noch einmal um und suchte dann beim Rausgehen in seinen Taschen nach dem Wohnungsschlüssel, den er für seinen Vermieter im Briefkasten deponieren sollte. Kaum war er in den Flur des Treppenhauses getreten, noch immer mit seinen Taschen beschäftigt,als ein heftiger Windstoß die Tür hinter ihm mit einem lauten Knall zuschlug. Alex erschrak und zuckte am ganzen Körper zusammen. Reflexartig wirbelte er herum, griff nach der Türklinke und rüttelte zwei-, dreimal daran. Die Türe war ins Schloss gefallen und damit zu. Einen Augenblick stand Alex reglos und gedankenverloren vor der verschlossenen Tür.

Dann kam ihm in den Sinn, dass Jasmin den Schlüssel hatte, weil sie heute Morgen den Männern von der Umzugsfirma aufgemacht hatte.

Die ersten paar Tage nach dem Umzug fühlte sich Alex wie ein Möbelstück, das den Weg aus seiner Wohnung hierher geschafft hatte: es passte nicht zum Mobiliar, es gab nicht genug Platz dafür und es würde bald entsorgt werden. Es war doppelt mühsam, da er sich beim besten Willen nicht erklären konnte, wieso das für ihn plötzlich alles nicht mehr zusammenpasste, obwohl er doch vorher praktisch schon hier wohnte. Es hatte auch nichts mit Jasmin zu tun. Im Gegenteil, für sie schien ihr Zusammenzug eine Befreiung und ihre Zuneigung gegenüber Alex noch intensiver zu sein. Zum Glück merkte sie offenbar nicht einmal, dass Alex ihr trotzdem hin und wieder aus dem Weg zu gehen versuchte. Manchmal arbeitete er jetzt länger im Büro, auch wenn er es mittlerweile nicht mehr ganz so entspannt sehen konnte, so viel Zeit mit einem solchen Job zu verschwenden. Aber abends war er wenigstens meistens allein, das machte es einfacher. Hin und wieder ging er auch in eine Bar und schaute sich ein Spiel an. Nur, um nicht den ganzen Abend bei Jasmin in der Wohnung sein zu müssen. Und die paar Biere halfen auch, das Ganze besser zu ertragen, bis er sich endlich daran gewöhnen würde.

Es kam ihm deshalb recht, als ihre Nachbarn sie anfragten, ob sie auf ihren Hund aufpassen könnten, weil sie über das Wochenende wegfahren würden. Irgend so ein Familientreffen, eine Hochzeit oder irgendwas. Alex hatte nicht genau hingehört, aber auf jeden Fall konnten sie offenbar glücklicherweise ihr Haustier nicht mitnehmen. Er hoffte, der Hund würde ihn etwas ablenken. Und Entspannung in Jasmins vier Wände bringen, die jetzt auch seine vier Wände waren - aber ihm immer enger und enger zusammenzurücken schienen, offenbar im Gegensatz zu ihr.

Entsprechend groß war Alex Enttäuschung, als sie den Hund schließlich am frühen Freitagabend bei ihnen vorbeibrachten. Der Hund trottete einfach in die Wohnung und legte sich in eine Ecke. Die Nachbarn versicherten Alex, dass es ein sehr pflegeleichter Hund sei und sie ihn praktisch nicht bemerken würden, solange sein Napf mit Wasser und sein Teller mit Futter gefüllt wären. Er sei auch sehr gut erzogen und täte genau, was man ihm befahl.

Es schien ihm tatsächlich nichts auszumachen, ein Wochenende in der Fremde zu verbringen. Überhaupt schien ihm nichts etwas auszumachen, so wie er da lag und bewegungslos vor sich in die Leere starrte. Alex saß auf dem Sofa und sah den Hund an. Er hatte einen verspielten oder wenigstens aufgeregten Vierbeiner erwartet. Einen, mit dem man sich beschäftigen musste und der Abwechslung versprach. Ein Wildfang mit Bewegungsdrang. Ein aufgewecktes Energiebündel, das kaum zu bändigen war. Funkelnde Augen, gespitzte Ohren, stolze Haltung, Lebensfreude. Nicht einfach noch ein zusätzliches Möbelstück, das nach altem Hund roch. Kein Wunder, dass sie ihn nirgendwohin mitnehmen wollten.

„Ich gehe mit ihm spazieren. Kommst du mit?"

Jasmin legte dem Hund die Leine an.

Alex überlegte kurz.

„Gut, fahren wir zum See."

„Zum See? Denkst du nicht, wir können auch hier in der Gegend irgendwo mit ihm raus?"

„Wahrscheinlich schon. Aber vielleicht wird er am See endlich mal wach und kommt etwas in die Gänge. Mal sehen, ob er Enten jagen kann."

„Und wenn er Autofahren nicht mag?"

Aber Alex hatte sich schon die Autoschlüssel geschnappt und war aus der Wohnung gestürmt.

Während der ganzen Fahrt lag der Hund ruhig und teilnahmslos auf der Rückbank.

Er hob nur kurz den Kopf, als Alex am See eine abrupte Bremsung machte und eine hektische Wende vollzog, um gleich wieder nach Hause zurückzufahren. Ohne auf Jasmins verwirrten, fragenden Gesichtsausdruck zu achten, murmelte er kurz und trocken, dass er sofort einen dringenden Telefonanruf machen musste. Sie fragte nicht weiter nach, weil Alex auf dem Rückweg raste und seine Mine so düster und versteinert wirkte, dass sie ihn im Moment lieber nicht unnötig reizen wollte.

Am See hatten die Baumaschinen damit angefangen, auf Alex' Land einen Aushub zu machen, Metallstangen markierten darauf die Umrisse eines riesengroßen Gebäudes.

7

„Hallo, Bob, ich bin's, Alex."

"Alex? Alex wer?"

„Wir haben zusammen die Oberstufe besucht. Letzte Reihe, Pult am Fenster."

„Oh, Al! Hey Al, wie geht's dir so? Alles klar?"

„Ganz gut, danke. Selbst?"

„Kann nicht klagen. Die Geschäfte laufen gut. Hab mir grad ein neues Schwimmbad bauen lassen. Mit Whirlpool! Solltest mal vorbeikommen und es dir anschauen. Spendiere dir dann ein kühles Bier und ein heißes Steak und wir plaudern ein bisschen über die alten Zeiten."

„Mal sehen. Ich wollte ..."

„Hey Mann, ist schon eine ganze Weile her, seit wir uns das letzte Mal gesehen haben, nicht? Du hattest gerade die Uni geschmissen und in irgend so einem Versandhaus als Verpacker oder so gearbeitet. Immer noch da?"

„Schon etwas länger nicht mehr."

„Die Weiber da waren sicher geil und willig, oder? Ich meine, die Jobs da sind doch scheiß langweilig und öd, da muss man sich ja irgendwie ablenken, nicht? Wie ich dich kenne, hast du dich da voll ausgelebt."

„Nein, eigentlich nicht."

„Weißt du, was die Weiber auch geil und willig macht? Ein Whirlpool. Mann, seit sich herumgesprochen hat, dass ich mir so ein Ding habe bauen lassen, können die Weiber ihre Hände nicht mehr von mir lassen. Ich hatte schon einige Wasserschlachten, wenn du verstehst, was ich meine."

„Ich kann's mir vorstellen."

„Solltest mal vorbeikommen. Ich stell dir ein paar Schnecken vor und du kannst in den Whirlpool hüpfen. Machen 'ne kleine Party, du weißt schon. Hab' alles da, was Kehle und Nase begehren, kein Thema."

„Danke, Bob. Aber eigentlich rufe ich dich wegen ..."

„Scheiße Mann, du bist doch nicht verheiratet oder so?"

„Nein, ich bin nicht verheiratet."

„Gut zu hören. Warum sollte man auch heiraten, nicht? Ich sag' immer, hätte Gott gewollt, dass wir heiraten, hätte er nicht die wunderbare Vielfalt junger Frauen geschaffen."

„Wenn du es sagst."

„Natürlich, Mann! Weißt du, was das Gute daran ist, ein Mann zu sein? Wir können auch mit neunzig Jahren noch eine Zwanzigjährige schwängern. Wer sagt denn, dass das Paradies nicht auf Erden ist, heh?!"

„Mag sein, Bob. Aber ich wollte mir dir über das Land reden."

„Land? Welches Land?"

„Euer Land am See. Von dem ich ein Stück kaufen wollte."

„Oh, das Land. Was ist damit?"

„Ich war neulich am See. Hab' gesehen, dass da Baumaschinen zu Gange waren."

„Hm, das ging aber schnell."

„Was ging schnell?"

„Na, der Baubeginn. Wir haben das Land an so einen reichen Typen aus dem Ausland verkauft. Weiß der Teufel, woher der kommt. Irgend so ein Staat mit einem dieser unaussprechlichen Namen. Ist auch scheißegal, hat den doppelten Preis für das Land bezahlt. Wollte es unbedingt haben und einen Touristenbunker darauf bauen."

„Habt ihr das ganze Land verkauft?"

„Klar, Mann. Doppelter Preis! Was meinst du, wie ich mein Schwimmbad finanziert habe? Von meinen Autos und den Weibern ganz zu schweigen."

„Bob, ich wollte doch ein Stück davon kaufen. Wir haben darüber gesprochen."

„Oh ja, stimmt. Du hast mal was erwähnt."

„Und ihr habt trotzdem alles verkauft?"

„Komm schon, Al. Das war doch nicht dein Ernst, oder? Was wolltest du denn mit dem Land anfangen?"

„Was man halt so mit einem Stück Land macht. Ein Haus darauf bauen, einen Garten anlegen, in der Sonne liegen und die Aussicht genießen."

„Ja, sicher. Weißt du, irgendwie schätze ich dich nicht gerade als ein Typ ein, der sich so richtig für immer niederlässt. Außerdem hattest du jahrelang Zeit, mal ein Angebot zu machen."

„Hab's irgendwie verpasst."

„Tja, jetzt ist es weg. Was soll's. Mal ehrlich, Al, hättest du es wirklich je gekauft?"

8

Sie sprachen die ganze Rückfahrt vom See über nichts miteinander. Kaum kamen sie wieder an, sprang Alex aus dem Wagen und eilte in die Wohnung. Jasmin spazierte mit dem Hund der Nachbarn um den Block, damit Alex sich wieder beruhigen konnte. Von was auch immer er sich zu beruhigen hatte. Sie war zwar sehr neugierig, zu erfahren, was los war und hätte nur zu gern schon im Auto mehr erfahren, aber sie war auch etwas verängstigt. Deshalb wollte sie Alex Zeit lassen, bis er soweit war, es ihr zu erklären. Jasmin wusste, dass er letztens viel um die Ohren hatte und viel mitmachen musste. Die neue Stelle, der Umzug, der Tod seines Vaters. Aber trotzdem war sie etwas enttäuscht, wie er sich benommen und sie ausgeschlossen hatte.

Die Wohnung hinter der geöffneten Eingangstür war dunkel und still. Jasmin schüttelte leicht frustriert ihren Kopf und ließ den Hund von der Leine - der geradewegs in seiner und im Dunkeln verschwand. Sie war sich sicher, dass Alex nicht mehr da war, sondern sich irgendwohin verzogen hatte, um die Sache mit sich selbst auszumachen, was immer es auch war. Umso mehr zuckte sie vor Schreck kurz zusammen, als sie im Wohnzimmer das Licht anmachte und Alex am Tisch saß. Vor ihm das Telefonbuch, die Ellenbogen daraufgestützt und sein Gesicht in seinen Händen vergrabend. Auf dem Fussboden daneben lagen verstreut ein paar Einzelteile des Telefons.

Vorsichtig setzte sie sich zu ihm an den Tisch und fragte nach, was geschehen war. Alex hob seinen Kopf. Seine Augen waren gerötet. Ohne, dass sie zu fragen brauchte, erzählte er ihr vom Land am See, auf dem ein Hotel gebaut wurde. Er sprach von seinem Plan, genau an diesem Ort einmal ein Haus zu bauen. Auf genau diesem Land, das seinem Schulkollegen gehört hatte, das er schon immer kaufen wollte, um darauf sein Haus zu bauen, aber das nun jemand anderes gekauft hatte. Und dann holte er weiter aus, redete über seine Spaziergänge mit Buddy am See, wie viel Zeit er damals dort verbrachte, wie schön der See war und dass er dort schon immer ein Haus bauen wollte. Nun war das Land aber verkauft und stattdessen wurde ein Hotel darauf gebaut.

Schließlich verstummte Alex. Tränen füllten seine Augen. Hilflos und fragend sah er Jasmin an. Und gerade, kurz bevor seine Tränen überlaufen konnten, griff Jasmin über den Tisch und nahm Alex' Hände.

„Es gibt doch noch anderes Land. Wir können irgendwo sonst ein Haus bauen."

„Hätte ich dich früher getroffen, hätte ich das Land vielleicht wirklich gekauft."

„Alexander, es gibt noch anderes Land."

„Ist es schlimm, dass ich das Land nicht schon früher kaufte, Jasmin?"

„Nein, natürlich nicht. Red' keinen Blödsinn. Es ist doch nur ein Stück Land."

„Es war mein Stück Land am See."

„Ich denke, wenn du es wirklich so sehr gewollt und dir ernsthaft hättest vorstellen können, darauf ein Haus zu bauen und da zu leben, dann hättest du das Land schon längst gekauft. Vielleicht musste es so kommen, wie es gekommen ist."

Einen Augenblick lang starrte Alex Jasmin wie versteinert an. Wie ein über dem Abgrund hängender Kletterer hatte er für einen Moment in Jasmins Gesicht einen sicheren Griff zu suchen versucht, nach dem er hätte greifen und sich daran hochziehen können. Als er aber nichts fand, löste sich seine Anspannung. Langsam zogen sich die Tränen aus seinen Augen zurück, sein

Blick wurde leer und müde. Schließlich lächelte er Jasmin sanft an und drückte zart ihre Hände.

„Lass' uns etwas kleines essen und dann vor dem Schlafen gehen noch ein bisschen vor dem Fernseher kuscheln, Jasmin. Ich bin hundemüde."

Alex fühlte sich tatsächlich sehr erschöpft. Aber schlafen konnte er sehr wenig in dieser Nacht. Als sie zu Bett gegangen waren, drehte er sich in Jasmins Armen von ihr weg auf die Seite und tat so, als würde er schlafen. Stattdessen lag er die ganze Nacht wach und versuchte, sich wirklich in den Schlaf zu flüchten. Er bemühte sich, keine Gedanken mehr an sein Telefonat und sein Land am See zu verschwenden, welches verkauft worden war. Aber kaum konnte er seine Gedankenflut für ein paar Momente hinter einer Mauer des Vergessens oder besser des Verdrängens wegstauen, schwappten Bobs Stimme und Bilder von den Baumaschinen am See wie kleine Wellen wieder über den Mauerrand. Sie brachten nach und nach durch ihr stetiges Erodieren das gesamte Konstrukt erneut zum Einbruch, überfluteten Alex' Kopf und hielten ihn damit wach. Als er dann doch einmal in ein leichtes Dösen entkamm, war es ausgerechnet Jasmin und ihr Fingerzeig auf ein 'anderes Land', was ihn wieder aufschreckte. Ihr Trostversuch heute Abend erschien ihm in der halbträumerischen Retrospektive der Übermüdung wie eine Wegweisung in eine bedrohliche unbekannte Fremde. Das erste Mal, seit er Jasmin getroffen hatte, fühlte Alex in ihrer Nähe einen Hauch Unwohlsein.

Den Rest des Wochenendes versuchten sie, den Hund ihrer Nachbarn dazu zu bringen, sich in der Wohnung nicht nur zu bewegen, wenn er erschreckt versuchte, einem alten Tennisball auszuweichen, den sie ihm zum Spielen zurollten. Oder wenigstens beim Spazierengehen nicht nur strikt sein Geschäft zu verrichten, sondern seine Schnauze auch einmal zum Beschnuppern eines Baums oder Hydranten zu benutzen. Alles erfolglos. Zumindest lenkte es sie beide davon ab, über das Land und den See zu sprechen.

Alex dachte zwar noch häufig über seinen Anruf bei Bob und das Land nach, aber er brachte es nicht mehr zur Sprache. Zum einen hatte er nicht den Eindruck, dass es überhaupt noch etwas zu besprechen gab.Zum anderen hatte Jasmin sicherlich damit recht, dass es nicht das einzige Stück Landsei, das sie kaufen konnten. Irgendwo würden sie schon etwas finden, wenn sie soweit waren. Außerdem lief sonst alles bestens für ihn: Er war mit Jasmin zusammen, sie hatten eine gemeinsame Wohnung, er einen anständigen Job und irgendwann in absehbarer Zukunft würde er vor ihr auf die Knie fallen und ihr den sehr teuren Ring an den Finger stecken. Es war im Grunde wirklich besser, als er es sich jemals vorgestellt hätte. Es war so, wie er es sich immer vorzustellen versuchte. Alles schien in dieses vollendete, wundervolle Bild zu passen.

Außer er selbst. Das musste er sich eingestehen.

Der Vorstellende war in seinen eigenen Vorstellungen immer ein anderer, als er selbst in Realität wirklich war. Er war die Vorstellung von sich selbst. Und als solche davon befreit, von seinen Sehnsüchten in Vorstellungen getrieben zu werden. Das vorgestellte Selbst passte immer in die gesamte Vorstellung. Das Gefühl des Nichthineinpassens blieb bei demjenigen zurück, der sich in Vorstellungen von sich selbst Trost suchte. In der Aufregung der Umbrüche der letzten Tage und Wochen ging dieses Gefühl auch beim realen Alex unter. Aber nun, da wieder gewisse Routinen und Gewohnheiten den Alltag übernommen hatten, war dieses Gefühl wieder an der Oberfläche aufgetaucht und er konnte es einfach nicht loswerden. All dieses großartige Wunderbare, mit dem Jasmin vom ersten Moment an sein Leben beschenkte und bereicherte, wurde schon immer durch sein Gefühl begleitet, dass er nicht der richtige Empfänger dafür sei undnicht wusste, wie er damit umgehensollte. Nachdem sie wieder zusammenkamen, glaubte Alex wirklich daran oder hoffte zumindest stark, dass es mit der Zeit besser werden würde.

Aber das Gefühl wurde stattdessen immer intensiver. Vor allem seit dem Vorfall mit seinem Land am See wurde ihm das wieder so richtig bewusst. Alex fürchtete sich richtig davor. Aber noch mehr fürchtete er sich, deswegen wieder eine große Dummheit zu machen. Er hatte Jasmin schon einmal unglaublich weh getan und sie enttäuscht. Ein zweites Mal konnte er das nicht zulassen. Er musste unbedingt einen Weg finden, damit zurecht zu kommen. Sie bedeutete ihm alles, was er sich je vom Leben gewünscht hatte.

Es blieb dabei, dass Alex abends häufig länger arbeitete. Auch seine Barbesuche wurden intensiver. Dennoch konnte er bald, obwohl er sich immer erschöpfter und leerer fühlte, nicht mehr richtig schlafen. Wie an diesem Morgen, als er schon lange wachgelegen und den Radiowecker ausgeschaltet hatte, bevor dieser zur eingestellten Zeit automatisch losging. Dann lag er wieder regungslos und wach im Bett, bis er schließlich selbst das Radio zu einer Uhrzeit anmachte, von der er wusste, dass Jasmin und er verschlafen hatten und ohne zu frühstücken zügig aus dem Haus zur Arbeit gehen mussten.

Sie war etwas sauer, weil sie verschlafen hatten, aber umso dankbarer, dass Alex ihr das Badezimmer zuerst überließ, damit sie sich zurechtmachen konnte. Er fühlte sich miserabel dabei. Nicht, weil er Jasmin austrickste, sondern weil er das Gefühl hatte, dass er nicht anders konnte. Kaum war sie im Badezimmer verschwunden, stand er auf und zog sich hastig an. Er verabschiedete sich durch die Badezimmertür von ihr und sagte, er würde sich unterwegs Kaffee und Brötchen besorgen. Beim Wegeilen hörte er noch ihre Stimme durch die Tür, aber verstand nicht mehr, was sie sagte.

Am liebsten wäre er irgendwo anders hingefahren. Aber Alex machte sich wie jeden Morgen auf den Weg zu seiner Arbeit. Er hatte es Jasmin versprochen. Und wie jeden Morgen kam er in einen Stau. Wie Blechlemminge standen die Autos still hintereinander in einer Reihe. Links und rechts davon leere kleine Seitengassen, die ein paar Blocks weiter zur freien Fahrt in alle anderen Richtungen geführt hätten. Aber alle standen sie hier und warteten darauf, dass es weitergehen würde. Irgendeiner hupte. Irgendeiner hupte immer. Aber helfen tat es auch heute nicht. Jeden Morgen um diese Zeit gab es Stau an dieser Kreuzung. Alle wussten es. Alle nervte es. Immer wieder. Einige ein bisschen mehr, andere ein bisschen weniger. Aber morgen würden trotzdem wieder alle hier stehen. Zur gleichen Zeit, am gleichen Ort. In einem neuen Stau. Und irgendeiner würde wieder hupen. Und auch morgen würde es nichts nützen. Wieso hatte Bob das verdammte Land verkauft?! Das war sein Land gewesen. Er hätte es gekauft. Irgendwann hätte er es gekauft. Seine Hände verkrampften sich am Lenkrad, bis die Knöchel ganz weiß wurden. Der Wagen vor ihm rollte ein paar Meter weiter. Alex hieb heftig auf seine Hupe und schrie: „Fahrt endlich! Fahrt endlich weiter und lasst mich durch!". Aber es half nichts.

Eine halbe Stunde später hielt er vor einem Coffee-Shop. Er hatte sich wieder beruhigt und stellte sich in die Schlange vor der Theke. Die Aufregung im Stau hatte ihn kurz richtig aufgeweckt, aber jetzt schlug ihn die Müdigkeit wieder umso heftiger nieder. Alex trat mühsam von einem Bein auf das Andere, weil das Herumstehen anstrengend war. Es ging nur schrittweise voran und währenddessen überlegte er sich, was er kaufen wollte. Er war unschlüssig, hörte zu, was andere vor ihm nahmen und las wieder und wieder die Angebotsliste. Er überlegte sich, dass er sich eigentlich hinlegen, schlafen und nicht Kaffee trinken sollte, damit er wach bliebe. Wozu auch? Er würde nachher doch nur ins Büro fahren und den ganzen Tag irgendwelches langweiliges Zeug erledigen, das ihn überhaupt nicht interessierte. Ein weiterer Kunde wurde bedient und die Schlange bewegte sich zwei, drei Schritte vorwärts. Im Gleichschritt, wie eine Gefangenenkolonne in

Ketten, dachte sich Alex. Überhaupt sahen alle vor ihm auch so aus, als würden sie sich besser noch einmal hinlegen, um zu schlafen, als Kaffee zu trinken. Sich mit Kaffee munter saufen, um den restlichen Tag im Büro oder sonstwo zu funktionieren. Und abends kamen doch alle abgekämpft und kaputt wieder nach Hause, nur um zu wenig zu schlafen und morgen wieder mit all den anderen Idioten hier Kaffee kaufen zu müssen. Schwachsinn. Vielleicht redete deshalb nie jemand, außer Derjenige, welcher gerade etwas bestellte. Auch lächelte niemand. Alle hier sahen noch verschlafen und abgekämpft aus. Alex war nicht das erste Mal hier. Er holte sich oft einen Kaffee, bevor er ins Büro ging, weil die Brühe, die sie da Kaffee nannten, diesen Namen nicht verdiente. Aber heute schien ihm der Gang zur Theke außergewöhnlich lange und deprimierend. Er stand kurz davor, den Typen in der Schlange vor ihm zur Seite zu schubsen und sich vorzudrängen. Aber er entschied sich anders, verließ den Coffee-Shop ohne etwas zu kaufen, ging einfach wieder zu seinem Auto und fuhr ins Büro. Er hatte es Jasmin versprochen. Er würde sich zusammenreißen und auch diesen Tag überstehen. Sie war alles für ihn. Zumindest war sie alles, was ihm noch geblieben war.

Den restlichen Morgen im Büro überstand er dann unerwartet leicht. Alex war so müde, dass es ihm nicht sonderlich schwer fiel, den Kopf einfach abzuschalten und seine Arbeit zu tun. Eigentlich ging der Morgen an ihm vorbei, als hätte er gar nicht stattgefunden.

Erst als er nach der Mittagspause wieder das Bürogebäude betrat, er hatte sich ein Sandwich geholt und war etwas an der frischen Luft spazieren gegangen, war er richtig wach. Er fühlte sich gut. Die Morgenereignisse lagen weit zurück und die Erinnerung an sie hatte sich scheinbar zusammen mit seiner Müdigkeit aufgelöst. Manchmal war ihm geradewegs so, als verbrächte er seinen Tag in verschiedenen Welten. Alex musste in sich hineinlächeln. Vielleicht würde er schlußendlich mit Jasmin doch in einer Welt landen, die bewohnbar war. Er mochte das Gedankenspiel. Mit Jasmin eine neue Welt zu besiedeln, am besten eine, die sie für sich allein hatten. Er grinste noch einmal. Meine Güte, würde sie es hassen, wenn er sie dahin mitnehmen würde. Ein Ort ohne andere Menschen wäre alles andere als ein schöner Ort für sie. Aber wenigstens sollte es einer sein, in dem es keine morgendliche Staus und keine Kaffeesäufer gab.

Zurück an seinem Platz wünschte sich Alex allerdings gleich wieder, er hätte sich wie heute Morgen nur hinsetzen, den Kopf abschalten und einfach vor sich hin in die Leere starrend den Rest des Arbeitstages hinter sich bringen können. Aber er war nun zu wach, als dass er sich ohne Weiteres nahezu bewusstlos zurück in seinen Arbeitstrott fallen lassen konnte. Alex versuchte, seine Gedanken abzustellen und sich wieder auf die Arbeit zu konzentrieren. Nur funktionieren. Er sortierte seine Akten. Nicht nachdenken. Es kann nicht falsch sein. Man konnte sich daran gewöhnen. Alle gewöhnten sich daran. Er hatte es Jasmin versprochen. Aber mussten die ‚richtigen' Jobs wirklich so sein? War so das ‚richtige' Leben? Abschalten und ertragen. Alles Menschsein war so doch nur seelenlose Gefangenschaft, in der sich eine bedeutungslose Minute nahtlos an die Andere reihte, im Glied stehend, streng und stramm, ohne zu zucken und gnadenlos verrinnend. Jeder seine eigene einsame Insel. Ein eigener Mikrokosmos, der im unendlichen Raum völlig verloren ging. Nicht einmal das, sondern nur Geknechteter des eigenen Mikrokosmos war man, dessen zentraler Fixstern jeder sein musste, um den eine Fülle hirngespinstiger Planeten kreisten, die einem die freie Sicht nach draußen in die dunkle Leere nahmen. Um so unempfindlich für die eigene Ohnmacht und blind für das orientierungslose Treiben im Nichts sein zu können, wissend oder unwissend am Fuß festgekettet an der eisernen Kugel Zivilisation und all dem, von dem wir glaubten, eine natürliche unerschütterliche Ordnung dahinter zu erkennen.

Alex ermahnte sich innerlich erneut, es sein zu lassen und sich nicht noch weiter in diesen Gedankenstrudel hineinziehen zu lassen. Er breitete die Akten noch einmal vor sich aus und begann sie von Neuem zu sortieren. Sie waren bereits alle abgearbeitet und mussten nur noch abgelegt werden. Aber es war im Moment das Einzige, was er zu tun hatte. Er wünschte sich, er hätte am Morgen nicht so schnell gearbeitet. Er stapelte die Akten wieder aufeinander, trug sie zu seinem Schrank und begann sie einzeln einzuräumen. Über den Schrank hinweg konnte er die übrigen Kolleginnen und Kollegen im Büro beobachten. Er versuchte sie zu ignorieren. Treibende Mikrokosmen. Gingen leise und flüsterten nur. Tote Gesichter.

Es war überall das Gleiche. Das war einfach das wahre Wesen des Menschseins.

Alex hatte aufgehört, die Akten einzuräumen und starrte gedankenverloren auf das übrig gebliebene kleine Häufchen vor ihm auf dem Schrank.

Es war Lieblosigkeit. Und Lustlosigkeit. Lieb- und Lustlosigkeit gegenüber dem Leben selbst. Vielleicht nur Lieblosigkeit. Die allen nach und nach die Lust am Leben genommen hatte. Nicht, dass die fehlende Lust am Leben gleichbedeutend wäre mit der Lust am Sterben. Mitnichten. Es war fehlende Lust sich dem Leben hinzugeben. Lust, sich davon durchdringen zu lassen und freudig darin aufzugehen. Mit Lust zu leben. Nicht zu verwechseln mit all den generischen Lustanstrengungen, die alltäglich unternommen wurden und mit denen vergeblich versucht wurde, diese verloren gegangene, originäre Lust am Leben selbst zu kompensieren. Lustvolles leben war weit weg von der Lust zu leben. Für Alex war allen hier die Lust zu leben verloren gegangen und dabei war er sich nicht einmal sicher, wie viele diese Lust überhaupt je gekannt hatten oder sich wenigstens daran erinnern konnten. Keine Lust war mehr da, weil das dafür fruchtbare Grundgefühl fehlte. Nur wer das Leben lieben konnte, empfand auch Lust zu leben. Die Lieblosigkeit gegenüber dem Leben war es, die Gesichter vorzeitig in Falten legte, Augen ermattete und die Glut der Herzen kühlte. Kaffee statt schlafen. Ertragen statt erleben. Vielleicht auch ein wenig sich selbst täuschen. Begnügen. Sich anpassen. Sich fügen. Hinnehmen, dass es war, wie es zu sein schien. Das Beste daraus machen. Ignorieren. Funktionieren. Das war das Glück dieser kleinen Menschen. Sie waren fett, träge und starrten unglaublich vor sich hin in die Leere.

Alex schwitzte und war ganz aufgeregt. Er ließ den Rest der Akten auf dem Schrank liegen und ging an sein Pult zurück, wo er hastig nach dem Telefonhörer griff. Er wählte Jasmins Nummer. Er wusste, dass sie Dienst hatte, aber er musste jetzt mit ihr sprechen. Sie musste mit ihm sprechen. Ihn daran erinnern, warum er hier war und dass es sich lohnte, noch hier zu sein. Er wollte von ihr hören und ihr glauben können, dass er blind und am Ende dieses Tunnels ein helles Licht war.

Sie nahm nicht ab. Alex versuchte es weiter und wählte immer wieder ihre Nummer.

Hier zu sein fühlte sich an, als würde er mitten auf einer Reise festsitzen. Er hatte im Nirgendwo angehalten und saß nun fest. Das Gefühl festzusitzen, hatte man nur, wenn man nicht mochte, wo man war. Er hatte es nie gemocht, hier zu sein. Diesen Job mochte er nie, die Leute mochte er nie und schon gar nicht die Aussicht darauf, für den Rest seines Lebens hier bleiben zu müssen. Es war zermürbend. Jeden Tag ein bisschen sterben. Jeder Geist verebbte hier. Im Grunde war dies das reinste Schlachtfeld, auf dem Tag für Tag Menschen brutal zu seelenlosen Bestien niedergemacht wurden. Aber es gab kein Blut und niemand konnte oder wollte die schrecklichen Schreie hören. Im Gegenteil, es war zu gemütlich hier, viel zu ruhig. Niemand wehrte sich dagegen.

Alex hielt sich am Telefonhörer fest. Aus der Muschel hörte er den regelmäßigen, sonoren, geduldigen Ton, der eine freie Leitung proklamiert. Aber am anderen Ende dieser Leitung war niemand. Der Ton erklang und verklang. Eine ganze Weile hörte Alex ihm zu.

Schließlich warf er den Hörer auf sein Pult und starrte abwesend aus dem Fenster.

„Ich muss hier weg. Jasmin, ich muss hier weg.", flüsterte er vor sich hin.

Plötzlich fasste ihn jemand an der Schulter. Alex drehte sich um. Sein Vorgesetzter stand hinter ihm, eine Hand auf Alex' Schulter, mit der Anderen einen Stoß Akten haltend, die er sich unter dem Arm geklemmt hatte.

„Bis jetzt gute Arbeit, Al. Effizient und in guter Qualität. Gefällt mir."

Alex wurde etwas rot im Gesicht und stotterte nur ein leises ‚Danke'.

„Die anderen Teams kommen mit ihrer Arbeit nicht ganz mit. Ich hätte hier noch ein paar Papiere, die durchgearbeitet und abgelegt werden müssten. Ist es okay für dich, wenn ich sie dir hier lasse?"

„Natürlich, kein Problem."

„Gut. Habe ich mir gedacht. Weiter so." Er stellte die Akten auf Alex' Pult neben den immer noch tutenden Telefonhörer und ging wieder.

Alex legte den Hörer auf. Er nahm eine Akte vom Stoß und fing an, darin zu blättern. Jetzt bekam er sogar Arbeit von anderen Teams, weil er so fleißig gewesen war. Offensichtlich verpuffte hier doch nicht alles in hohler Teilnahmslosigkeit. Das fühlte sich gar nicht so schlecht an. Wenn er diese Akten auch schnell und effizient durcharbeiten würde, bekäme er vielleicht endlich einen eigenen Fall zum Bearbeiten. Verdient hätte er es und so könnte er endlich etwas dazulernen.

Kaum hatte er den Gedanken zu Ende gedacht, hielt Alex plötzlich abrupt inne. Verächtlich warf er die Akte auf den Stoß zurück. Sie landete auf dem Stapel, hatte aber zu viel Schwung, rutschte über die anderen Akten hinweg und fiel schließlich auf den Boden.

Alex war fassungslos. Mehrmals schüttelte er den Kopf und schnalzte dabei scharf mit der Zunge. Fast wäre er darauf hineingefallen und einer von ihnen geworden. Einfach kurz den Kopf des kleinen Hundes getätschelt, ihm gesagt, was für ein gutes Hundchen es war und wie toll es durch den Reifen gesprungen war und Allez hop! schon sprang das Hundchen schwanzwendelnd erneut. Wo das enden würde, konnte er hier jeden Tag eindrücklich sehen. Er musste hier weg. Zumindest musste er für heute aus diesem Büro heraus.

Alex fuhr zuerst nach Hause. Da es aber früh und Jasmin noch nicht da war, ging er wieder raus und spazierte eine Weile um ein paar Blocks. Er war viel zu aufgewühlt, als dass er allein in der Wohnung auf sie warten konnte. In der Bar wollte er deshalb nur ein oder zwei Bierchen trinken, um ganz herunterzukommen. Aber ein paar Stunden später saß Alex immer noch dort. Wie die meisten Betrunkenen schwankte er auf seinem Barhocker - den Kopf in den Nacken geschlagen und die Augen geschlossen - mit seinem Oberkörper halbwegs im Takt der Musik hin und her. Der Alkohol machte nichts vergessen, aber spülte alles so weit von ihm weg, dass es Alex nicht mehr berühren konnte. Nach ein paar Bieren und ein paar Drinks blieben vom heutigen Tag nur noch Erinnerungen wie aus einer anderen, weit zurückliegenden Zeit übrig, während das Leben hier und jetzt sanft und leicht geworden war. Alex bestellte seine nächste Runde und versuchte, weiter auf seinem Hocker zur Musik zu tanzen. Auf die eine oder andere Weise würde es sowieso früher oder später genau so enden: Man würde älter; die inneren Stürme würden sich von allein legen; das Drängen weniger und weniger werden; man würde sich auf Barhockernan die alten Schlachten, Wunden und Leiden zurückerinnern und darüber lachen, wie intensiv und mächtig sie gewesen waren, und vor allem wie nutzlos und zerstörerisch. Mit der Zeit würden selbst diese Erinnerungen mehr und mehr verblassen, sie wären zwar immer da, aber man würde sie fast nicht mehr spüren. Genauso wie er jetzt. Alles würden nur noch Bilder und Gedanken sein. Nein, weniger, nur noch Ahnungen, dass es einmal so gewesen sein musste. Dass man einmal so empfunden und gelebt hatte. Aber nichts würde einen mehr berühren. Man würde mit allem versöhnt sein. Ewiger Friede würde herrschen, wo früher gewaltige Kämpfe tobten. Als ob man ein neuer Mensch geworden wäre. Vielleicht mehr ein anderer Mensch. Einer, nachdem man sich in seinen jungen, dunklen, kalten Momenten gesehnt hatte. Dann würde man schlußendlich doch genau da ankommen, wo Alex sowieso lange vorher anlangte: Man würde die Gewissheit haben, dass das einzig mögliche Glücklichsein im Leben darin bestand, ein paar Biere zu kippen, sich von einem einsamen Ding den Schwanz lutschen zu lassen und ihr dafür das zu geben, wonach sie sich am meisten sehnte, nämlich einen zärtlichen Kuss und Arme, in denen sie die Nacht verbringen konnte. Nicht mehr und nicht weniger.

Nach diesem letzten Gedanken kippte Alex den Rest seines Drinks hinunter, rutschte dabei vom Barhocker und stolperte ein paar Schritte rückwärts, bevor er hinfiel. Er merkte, wie er zunächst auf seinem Hintern landete und dann mit Rücken und Kopf auf dem Boden aufschlug. Er spürte keinen Schmerz, aber ein heller Blitz zuckte plötzlich vor seinen Augen. Lächelnd hielt er sich die Hand vor das Gesicht, weil er dachte, die Sonne würde ihn blenden. Alex versuchte, sich umzuschauen, um festzustellen, wo er war. Als er den Kopf zur Seite drehte, konnte er eine Frau dastehen sehen. Angestrengt versuchte er, sie zu erkennen, aber sie schien zu weit entfernt zu sein. Sein Gefühl sagte ihm, dass sie schön war. Schön und feminin. Strahlend vor innerer Gewissheit über die Dinge des Seins. Durchdrungen von der wunderbaren Freude und Begeisterung, Mensch zu sein. Und gefestigt durch einen Hauch aufrichtiger, reiner, bittersüßer Melancholie, weil das Leben selbst doch nur ein endlicher Teil in der Unendlichkeit war. Noch einmal versuchte er, das Gesicht der Frau zu sehen. Je angestrengter er es aber versuchte, desto weiter schien sie sich von ihm zu entfernen. Alex wollte aufstehen und ihr nachgehen, da kam ihm plötzlich in den Sinn, wo er liegen musste: im Garten seines Hauses am See. Da war aber weit und breit kein Haus und der Rasen fühlte sich kalt und hart an. Den See konnte er auch nicht sehen. Stattdessen gab es überall Baumaschinen und Gerüste. Sein Land war verkauft. Aus dem Hintergrund hörte er jetzt Stimmen auf ihn einreden. Es mussten Bauarbeiter sein, die ihn wegschicken wollten. Da er nicht gehen wollte, packten sie ihn und trugen ihn weg. Alex versuchte sich loszureißen und fluchte die Männer an. Schließlich ließen sie ihn los und er fiel wieder zu Boden. Als einer der Bauarbeiter ihn nach einem Taxi fragte, realisierte Alex, dass er auf dem Parkplatz vor der Bar lag. Zwei Männer hatten ihn herausgebracht und wollten ihm jetzt ein Taxi für die Fahrt nach Hause bestellen. Alex rappelte sich auf und winkte ab.

Langsam torkelte er, sich immer wieder an Laternenmasten festhaltend und Gebäudewände streifend, entlang der Straße zurück nach Hause. Die Bewegung und frische Luft halfen, den Ausnüchterungsprozess etwas zu beschleunigen. Immerhin soweit, dass Alex sich ansatzweise Gedanken machen konnte, was er Jasmin sagen wollte. Sie würde ganz schön sauer auf ihn sein, das war ihm klar. Er war gerade dabei tief in seine Suche nach Ausreden zu versinken, als er plötzlich aufgeschreckt zusammen fuhr und wie erstarrt stehen blieb. Aus der Einfahrt einer Seitengasse unmittelbar vor ihm war das Scheppern umgestoßener Mülltonnen zu hören gewesen.

„Wer da?", schrie Alex mehr reflexartig, als gewollt.

Vorsichtig machte er einen Schritt nach vorne und beugte sich vor, damit er um die Ecke in die Gasse sehen konnte. Dabei verlor Alex sein Gleichgewicht, stolperte und kam schließlich ein paar Schritte vor den umgekippten Mülltonnen wieder zum Stillstand. Als er die Orientierung wiederfand, merkte er, dass er einem großen kräftigen Hund mit zerzaustem Fell und funkelnden Augen gegenüberstand, der ihn bedrohlich anknurrte. Vor Schreck hörte Alex auf zu atmen. Einen Moment lang starrten sich die beiden an. Dann nahm der Hund mit seinem Maul etwas aus dem Müll, drehte sich um und trottete in die Dunkelheit der Gasse davon. Kaum war der Hund verschwunden, brach die Erstarrung buchstäblich aus Alex heraus und er übergab sich, wobei er vornüber in den Müll fiel.

„Verdammter Köter. Hast mich zu Tode erschreckt", fluchte er und wischte sich seinen Mund am Ärmel ab.

Mühsam und mit Hilfe der Mülltonnen richtete sich Alex wieder auf.

„Was für ein Hund", murmelte er.

Und dann in Richtung Hund mit erhobener Faust: „Lass' dich ja nicht erwischen!"

Langsam ließ er seine Faust wieder sinken.

„Aber wo schläfst du heute Nacht, du blödes Vieh? Alleine unter einer Brücke auf dem kalten Boden?!"

Alex starrte noch eine Weile in die dunkle Seitengasse.

„Was für ein prächtiger Hund", wiederholte er halblaut.

Schließlich drehte er sich ebenfalls um und machte sich murmelnd wieder auf seinen Heimweg:

„Lass dich nicht von ihnen erwischen."

9

So leise er konnte, schlich sich Alex in die Wohnung. Da alles ruhig war und nirgendwo Licht brannte, öffnete er vorsichtig die Tür zum Schlafzimmer. Er wollte nicht nur nachsehen, ob Jasmin schon schlief, sondern sich in erster Linie vergewissern, dass sie überhaupt da war. Das fahle Licht, dass durch den Spalt der geöffneten Tür fiel, hob die Konturen ihres auf dem Kissen schlafenden Gesichts fein und weich von der Dunkelheit ab. Bewegungslos stand er eine Weile vor dem Bett und sah ihr beim Schlafen zu. Er war froh, dass sie hier war. Alex wusste, dass sie wütend gewesen sein musste, weil er nicht früher nach Hause gekommen war und nicht einmal angerufen hatte, aber wenigstens war sie hier geblieben. Es war eigentlich nie Jasmins Art gewesen, sich einfach zurückzuziehen und zu verschwinden, aber irgendwie hatte sich die Furcht davor, dass sie weggelaufen sein könnte, auf dem Heimweg tiefer und tiefer bei Alex eingeschlichen. Diese Angst rührte daher, weil er von einer entsprechenden Vorahnung befallenwurde, als sich seine Gedanken nach dem Barbesuch um Jasmin drehten und dies bei ihm nicht wie sonst zu Entspannung und Wohlsein führte. Stattdessen kam ihm Jasmin heute selbst in seiner eigenen Vorstellung etwas fremd vor oder besser weiter weg, nicht so nah und vertraut wie gewöhnlich. Jetzt war er erleichtert darüber, dass er sich getäuscht hatte. Das sanfte regelmässige Auf und Ab der Decke über ihrer Brust beruhigte ihn. Einerseits hätte er sich gern sofort zu ihr gelegt und sie umarmt - auch wenn er genau wusste, dass sie ihn, einmal wach, nicht einfach so hätte an sich schmiegen lassen, sondern ihn erst zur Rede gestellt hätte. Das hätte ihn nicht einmal gekümmert. Im Gegenteil, jetzt sehnte er sich geradezu danach, sie aufzuwecken und alles mit ihr zu bereden. Andererseits war sie so wunderschön, wie sie friedlich da lag und schlief. Er hatte das Gefühl, dass er ihr näher war, indem er nur hier stand und sie ansah, als wenn er sie berührt. Es ging ihm oft so mit Jasmin. Viel zu oft. In seiner Brust fühlte sich das an, als ob gerade eine wunderschöne strahlende Blüte aufgehen wollte, die dann jäh von einem Stein erschlagen und begraben wurde. Es war einer dieser vollkommenen Augenblicke, in denen er das Gefühl hatte, die Liebe, die er mit Jasmin teilte, und das von ihm erlebte Glück, mit ihr zusammensein zu dürfen, endlich auch durch und durch zu fühlen, geradezu zu ergreifen. Nur um zu merken, dass es genau die Momente waren, die ihn schlagartig unendlich einsam machten. Er hatte es nie verstanden. Und heute Abend war er sicher zu müde und zu betrunken, um einen Ausweg zu finden. Er ließ Jasmin schlafen und legte sich auf den Fußboden neben das Bett.

Als er am nächsten Morgen erwachte, lag eine Decke ausgebreitet über ihm. Außerdem hatte Jasmin ihm frischen Orangensaft und getoastes Brot auf dem Tisch stehenlassen, bevor sie zur Arbeit gefahren war. Alex nahm einen Schluck Orangensaft und meldete sich dann im Büro krank. Danach legte er sich ins Bett und schlief weiter.

Am späten Nachmittag kam Jasmin bereits zurück. Weil sie Alex im Büro zu erreichen versuchte, wusste sie, dass er zu Hause geblieben war. Sie machte deshalb früher auf der Arbeit Schluss und wollte sehen, wie es ihm ging. Außerdem hatte sie sich etwas überlegt, um ihn aufzumuntern. Sie konnte es kaum erwarten, Alex' Reaktion zu sehen. Überrascht war Jasmin allerdings zunächst selbst, als sie die Wohnung betrat, denn das Erste, was sie sah, waren leere Bierflaschen auf dem Wohnzimmertisch und dann Alex, der mit einer weiteren Flasche vor dem Fernseher auf dem Sofa lag. Sie versuchte ihre Enttäuschung zu verbergen und stellte die Box auf dem Boden ab, die sie mitgebracht hatte. Alex, der sich mittlerweile aufgesetzt hatte, schaute zu, wie sie einen jungen Hund aus der Kiste nahm und mit ihm auf dem Arm zu ihm hinüber kam. Sie blieb vor ihm stehen und strahlte abwechselnd ihn und den Hund an.

„Hallo, Alexander. Willst du uns denn gar nicht begrüßen?"

„Musst du schon wieder auf einen Hund aufpassen?"

„Nein. Das ist Buddy. Buddy ist unser Hund."

„Das ist nicht dein Ernst, oder?"

„Doch. Sieh doch mal, ist der nicht zum Verlieben süß? Komm, streichle ihn auch mal."

„Den Teufel werde ich. Du stehst mir übrigens im Bild."

„Du bist ja schon wieder super drauf."

„Hättest mich vorher fragen können."

„Dann wäre es ja keine Überraschung gewesen. Entschuldige, dass ich dir etwas Gutes tun wollte."

„Jasmin, ich möchte keinen Hund."

„Aber ich. Und jetzt haben wir einen. Außerdem dachte ich, er würde dich etwas aufmuntern. Es macht in letzter Zeit wirklich keinen Spaß, um dich herum zu sein. Vielleicht bringt der Kleine hier ja wieder etwas Freude in unser Leben."

„Tut mir leid, dass ich nicht zu den Freuden deines Lebens gehöre und auch jetzt noch gegen den Hund bin."

„Du bist betrunken. Schon wieder. Ist es das, was du willst? Macht es das erträglich für dich?"

„Ja, ich bin betrunken. Schon wieder. Und stell' dir vor, es hilft nicht. Schon wieder nicht. Vielleicht ja nächstes Mal."

„Du bist unmöglich. Denkst du eigentlich auch einmal daran, wie es mir dabei geht, wenn du dich so benimmst?"

„Wie genau benehme ich mich denn? Oder besser gesagt, wie hättest du denn gerne, dass ich mich benehme? Soll ich mir ein

Halsband umlegen und dir eine Leine in die Hand drücken, damit du mit mir um den Block spazieren kannst!?"

„Geh' und nimm eine kalte Dusche. Du stinkst und schwafelst nur Schwachsinn."

„Jasmin, du weißt, ich liebe dich und ich würde alles für dich tun, aber rede mit mir, ich ..."

„Nein, jetzt hörst du mir einfach endlich einmal zu!"

Jasmin setzte den Hund auf den Boden und baute sich vor Alex auf.

„ Denkst du, das hier ist einfach für mich?! Glaubst du, das hier ist das Leben, so wie ich es mir vorgestellt habe?! Ich tue alles, um dir zu zeigen, wie viel du mir bedeutest. Aber du machst es mir wirklich nicht einfach. Warum lässt du dich so runterziehen? Und versuchst mich mitzureißen? Ich komme nach Hause und freue mich darauf, dir Buddy mitzubringen und du sitzt angetrunken da und bellst mich an. Was ist in letzter Zeit nur los mit dir? Du hast mir versprochen, es würde besser werden. Nun musst du dich aber auch bemühen, wenn das mit uns funktionieren soll. Du sagst mir oft, wie sehr du mich für meine Art zu leben und zu lieben bewunderst und dass meine Welt wunderbar sein müsse. Ich weiß, wie sehr du dich danach sehnst und ich möchte dir ja auch so gern den Weg dorthin zeigen, Alex, aber bemüh' dich wenigstens, offen für mich zu sein und komm mir gelegentlich einen Schritt entgegen. Weißt du, es ist wirklich nicht immer einfach, dich zu lieben. Vor allem, musst du dich auch lieben lassen. Sonst nützt alles nichts. Und du musst zwischendurch auch einmal etwas für mich tun. Es ist immer ein Nehmen und ein Geben. Ich erwarte wirklich nicht viel von dir, aber wenn du dich so daneben benimmst, weiß ich auch nicht, was ich mit dir anfangen soll.

Es tut mir ja leid, dass ich dich nicht einfach so mit dem Leben erfüllen kann, wie deine Fantasie es dir vorträumt und dein Herz es dir vorfühlt. Aber was erwartest du von mir? Auch ich kann Vergangenes nicht ungeschehen und alles Kommende wunderbar machen. So gern ich das auch für dich tun würde, Alexander. Ich muss auch ständig daran arbeiten, manchmal nicht am Leben zu verzweifeln, daran arbeiten, ein ‚guter Mensch‘ zu sein, zu bleiben oder mehr zu werden, wie du mich so gern nennst. Es fällt auch mir nicht leicht, zu verinnerlichen, dass das Leben manchmal unfair ist. Zu meinen Ungunsten, aber auch zu meinen Gunsten. Dabei muss auch ich akzeptieren, dass ich selbst viel daran arbeiten und beeinflussen kann, so dass es zu meinen Gunsten ‚unfair‘ ist. Aber auch bei mir gibt es viele Faktoren, die sich meinem Einfluss völlig entziehen. Gerade im menschlichen Bereich. Ich muss auch tagtäglich damit umgehen können und vor allem mich immer wieder selbst ermahnen, fest daran zu glauben, dass sich der Mensch hoffentlich jeder Mensch in gegebener Situation und gegebenem Moment so verhält, wie es ihm im Rahmen seiner geistigen, intellektuellen und menschlichen Fähigkeiten am besten möglich ist. Obwohl vieles, was um uns herum passiert, sehr darauf hindeutet, dass manchmal reine Boshaftigkeit und große andere Defizite im Spiel sind. Ich muss selbst darum ringen, an das ‚Gute‘ im Menschen zu glauben. Dazu gehört auch, mich immer wieder zu fragen, ob es meinen Aufwand wert ist. Ob es richtig ist, sich gegen das unweigerlich oft entstehende, gefühlte Unrecht zu wehren; mein angegriffen geglaubtes Recht zu verteidigen; andere zu versuchen aufzuklären oder gar zu belehren? Ehrlich mir selbst gegenüber zu sein, wer ich wirklich bin, wo meine Stärken liegen, wo meine Schwächen. Was mich glücklich macht und was nicht. Wie meine Welt, wie du es nennst, um mich herum tatsächlich ist; wo ich sie träumerisch über ihre eigene Realität hinaus erweitere, verzerre; wohin ich sie entwickeln möchte und an welchen Ecken und Enden ich sie nicht allein entdecken oder ertragen will und vielleicht auch nicht kann. Hier brauche ich dich, Alexander. Damit ich das durchhalten und an ‚meine Welt' glauben, darin leben und lieben kann, die dir so gefällt, dazu brauche ich dich.

Ich will trotz allem trotz der Widrigkeiten und der dunklen, kalten Nächte am Ende zurückschauen können und mir sicher sein, ich war der beste Mensch, der ich sein konnte und führte das beste Leben, das ich führen konnte. Ich will mir sagen können, dass ich im Rahmen meiner Möglichkeiten und vor meinem Spiegelbild alles tat, um ein gutes Leben zu führen. Dazu gehört für mich vor allem die Liebe. Ich will geliebt haben, voll und ganz, ohne Rückhalt, mit allem, was ich zu geben habe und ohne mich von den möglichen Konsequenzen abhalten zu lassen. Ich habe deswegen schon Enttäuschungen im Leben hinnehmen müssen, wurde hin und wieder verletzt. Du hast mich auch schon sehr verletzt, das weißt du, Alex. Aber sieht es so aus, als hält mich das davon ab, weiter zu machen und mich nicht vor dem Leben und der Liebe zu verschließen? Ich bin noch hier bei dir, Alex. Kein Krieg hielt mich je hiervon fern, an die wahre Liebe zu glauben. Ich weiß, dass es diese Liebe gibt und ich will diese Liebe erleben, Alex. Ich will, dass wir dafür kämpfen. Egal, wie selten und kurz diese Momente auch sein mögen, die wir uns stehlen und wo wir uns ganz in diese Welt der Liebe zurückziehen können. Was auch immer du da draußen für Kämpfe ausfechten musst, wie öde und trostlos das alltägliche Leben uns auch immer erscheinen mag, ich bin da für dich, Alexander, ich warte auf dich und nehme dich mit in unsere andere Welt. Du brauchst mir nur zu folgen.

Ich habe so viel Hoffnung für uns. Du machst mir so viel Hoffnung. Deine Lippen und deine Augen sagen mir offen und klar, dass mir im Grunde dein ganzes Herz gehört. Aber wohin entflieht es mir denn immer, zusammen mit dem ganzen Rest von dir? Selbst wenn du die ganze Nacht in meinen Armen liegst, habe ich oft den Eindruck, wirklich festhalten kann ich dich nur wenige Augenblicke. Was treibt dich davon? Wie kann ich dich dazu bringen, wirklich bei mir zu sein? Ich glaube, du liebst mich. Aber noch mehr liebst du die Idee, die du von mir hast. So kannst du nie ganz bei mir ankommen. Wieso sonst schläfst du lieber auf dem kalten harten Boden, anstatt bei mir im weichen warmen Bett?

Ich bin da für dich, Alexander. Und ich tue alles, was ich kann und was in meiner Macht steht, für dich. Warum ist dir das nicht genug? Ich liebe dich. Ich liebe dich von ganzem Herzen und ich wünsche mir doch nichts weiter, als dass du mich gleich zurückliebst und den Rest deines Lebens mit mir verbringst."

Alex saß auf dem Sofa und starrte Jasmin an. Eine Mischung aus Erstaunen, Verwirrung und Entsetzen lag in seinen Gesichtsausdruck. Bevor er überhaupt einen klaren Gedanken fassen konnte, durchbrach Jasmin die Stille.

„Und mit Buddy natürlich. Ich möchte dir Buddy schenken, als Geste meiner tiefen Liebe zu dir. Wäre das nicht ein wundervoller Start für unsere kleinen Familie?"

Jetzt stand Alex auf und ging mit der Bierflasche in Richtung Wohnzimmertisch an ihr vorbei, wobei er einen großen Schritt über den am Boden sitzenden Hund machte und sie durch die Zähne anknurrte: „Schaff' den Köter hier raus."

Jasmin ging ihm nach, packte ihn am Arm und zwang ihn, stehen zu bleiben und sich zu ihr umzudrehen.

„Alex, bitte beruhig' dich und hör auf, zu trinken. Benimm dich endlich wie ein erwachsener Mann."

Er stellte seine Flasche auf den Tisch hinter sich und sah sie mit stechendem Blick an.

„Ich bin ruhig. Schaff' ihn weg."

Jasmin schüttelte genervt den Kopf.

„Wir regeln das morgen, wenn du wieder bei Sinnen bist."

Sie griff sich ein paar leere Flaschen vom Wohnzimmertisch und wollte damit in Richtung Küche verschwinden. Alex stellte sich ihr jedoch in den Weg.

„Ich will keinen Hund, Jasmin."

„Aber ich."

Als er daraufhin Anstalten machte, sich den Hund zu greifen, stellte Jasmin die Flaschen hastig auf den Tisch zurück und stürzte sich von hinten auf Alex. Ein paar der Flaschen kamen aufgrund von Jasmins Schwung nicht zum Stillstand, sondern fielen auf dem Tisch um, rollten darüber hinweg und landeten auf dem Boden. Der Hund erschrak dabei so sehr, dass er sich winselnd in eine Ecke flüchtete, bevor Alex ihn hochheben konnte.

Er wollte ihm nachgehen, aber Jasmin, die mittlerweile auf Alex' Rücken saß und sich mit einem Arm um seinen Hals dort oben festhielt, schlug ihn heftig mit ihrer freien Hand gegen seine Schulter und seinen Arm.

„Alex! Lass' den Hund in Ruhe!"

Er packte Jasmin an den Unterarmen und löste sie mühsam von sich ab. Als Alex sie von sich weg zu schubsen versuchte, schlug sie ihn noch einmal kräftig auf die Brust.

„Alex, der Hund kann nichts dafür!"

Für einen Augenblick standen sie sich still und stumm gegenüber. Dann fuhr Alex' Hand nach oben und er gab Jasmin eine Ohrfeige.

Wie erstarrt und mit blankem Entsetzen ins Gesicht gemeißelt, stand Alex noch lange da, nachdem Jasmin fluchtartig die Wohnung verlassen hatte.

10

„Wir unterbrechen das aktuelle Programm für eine
Sondernachricht und schalten live zu unserer Reporterin, die sich
Downtown in der Nähe der größten Bank der Stadt befindet.
Offensichtlich betrat heute Morgen - kurz nach Öffnung der Bank -
ein bewaffneter Mann den Schalterraum und versuchte
anscheinend einen Überfall zu begehen. Nach bestätigten Angaben
der Polizei trägt der Mann ein Jagdgewehr bei sich und hält einen
kleinen Hund im Arm."

Das Bild schaltete um auf eine Reporterin mit einem Mikrofon in
der Hand. Im Hintergrund waren wild auf der Straße parkende
Polizeiautos und ein Notfallwagen zu sehen. Hinter einem
Absperrband hatten sich Zuschauer versammelt. Was davor genau
passierte, konnte man nicht sehen, aber immer mehr Polizisten
drängten sich durch die Leute und verschwanden hinter dem
Band. Die Kamera folgte der Reporterin in Richtung Bank.

„Ich stehe hier nicht weit entfernt vor dem Haupteingang zu der
Bank, welchen die Polizei mittlerweile in einem großen Radius
abgeriegelt hat. Es ist noch unklar, was genau in der Bank
vorgefallen ist. Gemäss inoffiziellen Angaben forderte aber der
Mann selbst das Personal auf, die Polizei zu rufen und wartete
danach offensichtlich auf das Eintreffen der Sicherheitskräfte, die
nun seine Flucht unmöglich machen. Neben dem Personal
befinden sich fünf weitere Kunden in der Bank und sind bis jetzt
offenbar allesamt unverletzt geblieben.

Vor ein paar Minuten ist der bewaffnete Mann vor die Tür getreten
und ist sieht sich nun rund einem Dutzend Polizisten mit Pistolen
im Anschlag gegenüber. Er steht mit dem Einsatzleiter in
Verhandlung, drohte aber, jeden zu töten, der sich ihm ungefragt
nähert. Außerdem hat er seinen Hund abgesetzt und verlangt, dass

eine Sanitäterin diesen holt und zu einer Frau namens ‚Jasmin'
bringt.

Die Polizei hält sich noch zurück, aber die Gelegenheit scheint
günstig, den Banküberfall jetzt zu beenden. Der offensichtlich
verwirrte Mann wurde mehrmals aufgefordert, sein Vorhaben und
seinen Widerstand aufzugeben. Er steht aber immer noch mit
seinem Gewehr in der Hand vor der Banktür und macht keine
Anstalten, sich zu ergeben. Stattdessen wiederholt er immer wieder
unverständliche und unzusammenhängende Sätze über jemanden
Namens „Buddy", der das angeblich alles schon hinter sich hat.

Ich sehe, dass sich jetzt eine Sanitäterin vom Notfallwagen her dem
kleinen Hund nähert."

Als die Sanitäterin den Welpen vom Boden aufgehoben hatte und
zum Wagen zurückgegangen war, hörte man erneut die Stimme
des Polizisten, der Alex zum Aufgeben zu überreden versuchte.
Aber Alex sah und hörte ihn nicht mehr. In Gedanken war er
irgendwo an einem See und lag im Garten seines Hauses. Langsam
hob er sein Gewehr. Dann fielen Schüsse. Alexander brach tot auf
dem Boden zusammen.

www.tredition.de

Über tredition

Der tredition Verlag wurde 2006 in Hamburg gegründet. Seitdem hat tredition Hunderte von Büchern veröffentlicht. Autoren können in wenigen leichten Schritten print-Books, e-Books und audio-Books publizieren. Der Verlag hat das Ziel, die beste und fairste Veröffentlichungsmöglichkeit für Autoren zu bieten.

tredition wurde mit der Erkenntnis gegründet, dass nur etwa jedes 200. bei Verlagen eingereichte Manuskript veröffentlicht wird. Dabei hat jedes Buch seinen Markt, also seine Leser. tredition sorgt dafür, dass für jedes Buch die Leserschaft auch erreicht wird

Autoren können das einzigartige Literatur-Netzwerk von tredition nutzen. Hier bieten zahlreiche Literatur-Partner (das sind Lektoren, Übersetzer, Hörbuchsprecher und Illustratoren) ihre Dienstleistung an, um Manuskripte zu verbessern oder die Vielfalt zu erhöhen. Autoren vereinbaren unabhängig von tredition mit Literatur-Partnern die Konditionen ihrer Zusammenarbeit und können gemeinsam am Erfolg des Buches partizipieren.

Das gesamte Verlagsprogramm von tredition ist bei allen stationären Buchhandlungen und Online-Buchhändlern wie z. B. Amazon erhältlich. e-Books stehen bei den führenden Online-Portalen (z. B. iBook-Store von Apple) zum Verkauf.

Seit 2009 bietet tredition sein Verlagskonzept auch als sogenanntes "White-Label" an. Das bedeutet, dass andere Personen oder Institutionen risikofrei und unkompliziert selbst zum Herausgeber von Büchern und Buchreihen unter eigener Marke werden können.

Mittlerweile zählen zahlreiche renommierte Unternehmen, Zeitschriften-, Zeitungs- und Buchverlage, Universitäten, Forschungseinrichtungen, Unternehmensberatungen zu den Kunden von tredition. Unter www.tredition-corporate.de bietet tredition vielfältige weitere Verlagsleistungen speziell für Geschäftskunden an.

tredition wurde mit mehreren Innovationspreisen ausgezeichnet, u. a. Webfuture Award und Innovationspreis der Buch-Digitale.

tredition ist Mitglied im Börsenverein des Deutschen Buchhandels.

FSC
www.fsc.org
MIX
Papier | Fördert
gute Waldnutzung
FSC® C083411

Zeitfracht Medien GmbH
Ferdinand-Jühlke-Straße 7
99095 Erfurt, Deutschland
produktsicherheit@kolibri360.de